微电影点亮校园生活

浙江省中小学校优秀微电影作品集

编委会主任　王会军
主　　编　杨　凡
副 主 编　邹　丹　王翎子
编　　委　姜忠礼　王炎峰　张云飞
　　　　　许　允　陈昌明　曾　珍

ZHEJIANG UNIVERSITY PRESS
浙江大学出版社

图书在版编目（CIP）数据

微电影点亮校园生活：浙江省中小学校优秀微电影作品集 / 杨凡主编. —杭州：浙江大学出版社，2018.2

ISBN 978-7-308-18025-2

Ⅰ. ①微… Ⅱ. ①杨… Ⅲ. ①电影文学剧本—作品集—中国—当代 Ⅳ. ①I235.1

中国版本图书馆 CIP 数据核字（2018）第 037537 号

微电影点亮校园生活

浙江省中小学校优秀微电影作品集

主　编　杨　凡

责任编辑　梁　兵

责任校对　陈　杨

封面设计　杭州林智广告有限公司

出版发行　浙江大学出版社

（杭州市天目山路 148 号　邮政编码 310007）

（网址：http://www.zjupress.com）

排　　版　杭州好友排版工作室

印　　刷　浙江新华数码印务有限公司

开　　本　787mm×1092mm　1/16

印　　张　8.75

字　　数　208 千

版 印 次　2018 年 2 月第 1 版　2018 年 2 月第 1 次印刷

书　　号　ISBN 978-7-308-18025-2

定　　价　35.00 元

浙江大学出版社市场运营中心联系方式：（0571）88925591；http://zjdxcbs.tmall.com

序

随着生活节奏不断加快，我们的生活，也步入了“微”时代，“微”代表着简洁、浓缩和高效。作为校园文化建设重要载体和内容的校园微电影，虽“小”，但浓缩了一个电影创作传播的全过程，包括剧本创作、分镜头改编、正式拍摄、后期制作等多个环节，整个创作过程就是一个系统综合的训练场，师生共同成长的新领地。一部部源于现实生活的原创微电影不仅触动了孩子们的心灵，更像是一束光，点亮了绚丽的校园生活。

《微电影点亮校园生活》一书以“2016 年浙江省中小学校园微电影大赛”中的 16 部优秀作品为基础，融原创剧本、创作感悟、演员独白于一体，呈现出了优秀校园微电影的创作历程。

“创作来源于生活”，孩子们透过作品，诠释了斑斓的内心世界，用心演绎了生活中有意义的瞬间。温州瑞安市虹桥路小学的倪老师说：“一部微电影改变了她的一群学生，从剧本创作，到排练表演，微电影创作润物细无声，故事的情节虽然简单，却充满了浓浓的人情味”。浙江省萧山中学的朱郭熳同学说：“同学们在一起，把生活中最简单的事记录下来，捕捉学校生活中的细节，成为了她高中生活最有意义的事”。

我们整理发现，这些微电影的创作主题离不开“友情”“亲情”“奋斗”“梦想”等这些与学生成长息息相关的词汇。因此，编者按创作主题将电影分为“教育”“励志”“珍爱”“成长”四大篇章。我们相信你会和我们一样被书中这些真实的故事所触动。你会看到《破网行动》的留守少年小飞，如何在老师和同学们的帮助下远离网络；《窗》中遭遇车祸，被高位截肢的主人公蔡晓飞，又是如何战胜苦难，顽强拼搏，最终成就自我；《新生》中，来自偏远山区的小吴克服了自卑，融入班集体；《d 小调青春舞曲》则真实展现镇海中学学子的“心声”：并不是所有人都能成为“江湖传言中的学霸”，但每一个人，都在努力成为更好的自己。

当然，一个好剧本要得到好的呈现才能成为一部好电影，浙江传媒学院的王翎子老师，为全书注入了实用的微电影创作攻略，教大家如何用影像讲好故事。图书还设计了二维码，扫描它，读者可以观赏微电影的视频作品。

本书是浙江第一本以浙江中小学校园微电影为主题的图书作品，很好地展现了浙江中小学师生良好的精神风貌，弘扬了浙江校园正能量，具有一定的开创意义和教育文化价值。该书在编写过程中得到了浙江省教育技术中心、浙江大学出版社等单位及有关同志的大力支持，在此表示衷心的感谢。由于精力、水平所限，书中尚有诸多不足，敬请大家批评指正。

让我们共同开启校园微电影之旅吧！

本书编写组

2018 年 1 月

目录

Contents

珍爱篇

成长篇

校园微电影创作攻略

浙江传媒学院　王翎子

“从印刷文明进入影像时代，目前居‘统治’地位的是视觉观念。声音和影象，尤其是后者组织了美学，统率了观众。在一个大众社会里，这几乎是不可避免的。……当代文化正在变成一种视觉文化，而不是一种印刷文化，这是千真万确的事实。”

——丹尼尔·贝尔《资本主义文化矛盾》

相对于印刷文化而言，影像艺术是浅薄的，它调动观众最原始的感官体验去解读周遭世界。而与长电影相比，微电影对摄制者的表达能力的要求更高。微电影的创作打破了文字语言的叙述逻辑，提供了对外界和内心重新审视和反思的新视角。

《微电影点亮校园生活》一书选取了“2016年浙江省中小学校园微电影大赛”中的16部优秀作品为创作基础，融入剧本创作者感悟，演职人员独白，为你呈现那些与“友情”、“亲情”、“奋斗”、“梦想”有关的成长故事。也许，你会和我一样被这些真实的故事所触动，从而尝试用影像去抒发自己的经历与情感。

首先要强调的是，对于长期接受传统书写教育的学生来说，要想创做出一部真正好的微电影作品，以下的攻略，只是冰山一角。你学会它们，只相当于戴着游泳圈在小池塘学游泳而已。如果想在大海中畅游，你需要在哲学、美学、文学、艺术等等方面有深厚的修为。这需要数十年的积累和沉淀。

现在我们就套上游泳圈开始练习了。我无法面面俱到地告诉你怎么做会更好，我会更多地告诉你需要避免的常见错误。如果这些错误你都巧妙地避开了，你的第一个作品就已经成功了。

一、寻找伙伴　组建团队

微电影创作需要团队作战，它一定不是单打独斗可以完成的。你的团队需要有一个导演、一个摄影师、一个后期制作，这是最基本的配备。更强大一点的团队，还有灯光师、道具、场记等等。

导演负责整体拍摄的统筹。摄影师负责掌控摄像机，一个大团队，摄影师可能不止一个，因为摄影机可能不止一台。但如果是学生团队，我建议只用一台摄影机，也能拍出很好的效果。两台摄影机同时拍摄，可能会出现两部机器画面颜色有差异的问题，一般两台机器以上同时拍摄，是需要统一调试的。

后期制作需要熟悉画面剪辑的技巧，如果团队中没有这样的高手，不如直接让摄像师兼任，或者导演兼任，否则无法很好地表达摄影师在拍摄时的想法，以及导演创作影片的目的。

灯光师不一定需要时刻打灯光，而是需要懂得补光。即使在自然环境已经很明亮的情况下，往往也是需要补光的。光线不够是拍摄的大忌。

道具，要有很好的美术功底，负责拍摄中服装道具的选择。

场记，负责记录每个镜号。

当然，此外你还得有一定的经费。

二、选定故事　改写剧本

首先你得有一个好剧本，它应该是一个完整、有趣、有主题、有想法的故事。你可以自己写剧本，也可以用现有故事、小说改写成你的微电影剧本。建议你选简洁明快、故事性强、一波三折的文本，如果故事本身就不吸引读者，那么无论是文字表达多好，拍成影像的美都不会有好的效果。

你也可以用真人真事，但仍然需要改编，艺术源于生活，高于生活。

要注意的是，你选择改编的文本，一定得有故事，不能是散文。选择散文本这是新手最容易犯的错误。

影像表达是直观的，对于表达抽象的情感，它不占优势，所以尽量不要选择有大量心理描写、情绪描写的文本来改编成你的剧本，否则用镜头可能会拍不出你想要表达的意思。有同学认为，可以用旁白，让主角讲出自己心中所想。那我猜这部电影会比较沉闷，试想一部电影里主角一直喋喋不休地讲话的场景。

教大家一个小窍门，你读的文本，是否能在你脑海里立刻浮现出各种画面？如果是，这就是个适合拍电影的本子。

比如大家熟悉的一首诗，“枯藤老树昏鸦，小桥流水人家，古道西风瘦马。夕阳西下，断肠人在天涯。”这就是一首画面感很强的诗，你可以把它拍出来。

而“少年不识愁滋味，为赋新词强说愁；而今识尽愁滋味，却道天凉好个秋。”这种情绪，当你改写剧本或者动手拍的时候，可能就相当尴尬了。它需要重新组织画面逻辑，这对于大导演自然不在话下，对于你却是很大的挑战。

改写剧本，需要按照不同的场景发生的顺序来写，每换一个场景，就重新写一个序号。比如下面这个例子。

《小陈转学记》微电影剧本

1. 日　内　教室

教室门牌镜头，一个戴眼镜、穿着正统的年轻男老师在给孩子们上语文课，移镜头。

小朋友们正在齐读诗词。老师点了小陈的名，起来解释字或句。顽皮的男生站起身，迷惑地抓脑袋。

老师示意下一个。

镜头拉出，教室外景，明晃晃的阳光突然很刺眼，转场。

2. 日　外　操场上

明晃晃的阳光下，小陈的父母正在操场边的小路上和教导主任交谈。身后的教室里还传来朗朗的读书声。

小陈妈妈："老师，小陈这学期想转学"。

这里，"日"是表示白天拍摄，"夜"是表示黑夜拍摄，"内"表示室内拍摄，"外"是表示室外拍摄，有了这样的剧本，你就可以把白天的戏集中在一起拍，把同一个室内场景的戏集中在一起拍摄，不容易混乱。

剧本需要给你的团队每人一份，这是保证团队中的所有人明确整个电影脉络的指南，团队达成一致想法，才可以互相配合。另外，剧本不是一成不变，在你拍摄的过程中，可能产生新的想法，可能会做反复修改。

三、团队编写　分镜脚本

撰写分镜脚本，往往是很多新手忽视的步骤。撰写与否，也是学院派的正规军（专业院校学摄制的同学）和散兵游勇（没有专业学习过摄制）拍片的差异之一。这是把文字变成画面的过程，要求根据剧本，构想画面，然后把每一个镜头是怎样的，都一一写下来。这一步对于新手非常重要，它是把文字语言变成影像语言的步骤。一些知名的导演，甚至请画师，把每个画面精心地画出来。也就是说，没有开始拍摄以前，这部电影会是由怎样的画面构成的，你已经胸有成竹了。

我们仍然用"枯藤老树昏鸦，小桥流水人家"这个场景，做一个分镜脚本。

需要注意的是，分镜脚本不是导演或者编剧来写的，而是和摄影师、后期制作等团队共同商讨后决定的。分镜脚本是让一部影片经过团队多人的共同参与合作，最终还能符合导演的预期效果的重要保障。当然，和剧本一样，分镜头脚本在具体执行过程中，也可能经历多次修改。

《天净沙·秋思》分镜脚本

镜号	时长	景别	画面	配音/配乐	特效
1	5秒	远景 固定镜头	黑场起，夕阳下的古道远景画面	乌鸦叫声	
2	3秒	特写 固定镜头	摇曳的枯藤	轻微的风声	
3	3秒	特写 固定镜头	乌鸦拍动翅膀，飞出画面	乌鸦拍翅膀声，乌鸦飞走，悲伤的音乐起	
4	4～5秒	远景	小桥流水中远远走来一个人影	主题音乐	滚出片名字幕

* 如果有特殊注意事项，可以在特效的右侧另设一列“备注”。

四、挑选演员　开始排练

根据你的剧本，你要开始挑选适合的演员，并在正式开拍前，提前让演员开始排练。

挑演员，不是选美，演员应符合影片里的人物形象。

演员怎么才算演得好？就是，不要表演。越真实，越动人。电影和舞台剧对演员的要求区别很大，电影演员要演得不露痕迹。往往没有表演经历的孩子，反而演得很好。

五、做日程表　正式开拍

开拍前，一定要做好拍摄日程表，包括几天拍完、每天拍哪些内容。

新手常犯的错误是，按照故事发生的顺序来拍，但做拍摄日程表的作用是，把剧本里的相同场景的戏，都集中到一个时间拍完。这样可以节约时间，也会为你节省经费。

这时候，场记就发挥了巨大的作用。场记就是记录电影拍摄顺序的人，把几月几号，拍摄了第几场，哪些内容，拍在哪个内存卡上，都记录下来，以免出现漏拍，或者素材混乱的情况。

六、整理素材　剪辑成片

有很多新手认为，拍摄完了，大功告成，学着大导演的样子，开始“杀青”，但是别高兴得太早，整个影片中还有非常重要的一个环节——剪辑。

很多时候一部作品的优劣，直接取决于剪辑的好坏。影像的最大魅力在于，它可以通过蒙太奇艺术，通过不同镜头的组接，表达完全不同的情感，而不同镜头的组接，

所产生的感观冲击力，也是完全不同的。比如，一个女孩很伤心，你未必要拍她使劲哭泣，她沉默呆滞地坐在门边一动不动，接下来的画面是门前一朵被雨水打湿的，掉了花瓣的花朵的特写，这样的镜头组合更能表达出一种欲哭无泪的心情。

关于剪辑技巧。你可以去读像《视听语言》这样的书籍来补充相关知识。

剪辑最重要的，就是用镜头讲故事，如果你还停留在用旁白或者人物对话来讲故事，那基本是个不成熟的影片。

拍摄的时候，尽量多拍，而剪辑的时候，切记两个字，舍得。不要因为是你拍的，就不舍得抛弃，用五个镜头能表达完的，不要用十个镜头。

如果你把拍摄的镜头全部用了一遍，那么你的影片已经失败了——要么是镜头不够丰富，要么是剪辑太拖沓。十个、二十个镜头中选一个剪辑进最后的影片里，这样的比例都不算奇怪。

你要记住，镜头语言的神奇之处就在于，可以用一分钟的镜头语言，讲完“十年生死两茫茫”的故事。你拍的微电影，魅力也正在于此。

七、通览全片　反复修改

很多电影正式放映前都有试映，你的微电影也可以做个试映会。在你的影片剪辑完成之后，你可以多请一些朋友来观看，给影片提意见和建议，往往他们能看到你看不出的问题。作为一名新手，要做好重新剪辑和补拍的准备。很多优秀的微电影，都是这样反复打磨出来的。

这时你要判断你的微电影的好坏，可以直接地从两点来判断。一是，观众们看懂你想讲的故事了吗？二是，观众们产生情感共鸣了吗？如果这两点的答案都是肯定的，那么你已经成功了。

这篇简短的攻略，和在专业的艺术院校学习微电影创作技巧比，这两者的区别是，前者是模仿，犹如花拳绣腿，后者是打通任督二脉。学习没有捷径可走，如果你想成为一个优秀的微电影人，还需要全方位的提升和积累。

教育篇

如何用影像讲好一个故事

浙江传媒学院　王翎子

如何讲好一个故事?

微电影创作人要牢记,用影像来讲故事,和用文字的方式来讲故事,是完全不一样的。小说中可能对季节天气、场景、主人公着装、主人公内心思想斗争等,要用好几页的文字来描写。但微电影,几个镜头、几秒钟,就讲得清清楚楚了。

微电影到底拍什么?就是拍人和事。从第一分钟开始,就要让观众看见人,看见事。

什么是"看见人"?有一种很老土的做法,虽然有很多电影人还在用,但是很不推荐使用。影片一开始,就只看见一片风景,听到什么人在旁白——有的时候是主人公,有的时候是作者。整部影片也常常看到各种风景,听到各种旁白——这就是沿用了文字的套路在讲故事,而不是用影像来讲故事。看这样的电影,像是翻开了一本沉闷的小说,或是听一段无趣的广播。这就是没有做到"看见人"。

电影是用来看的,更何况是部微电影,所以请你从第一个镜头开始,就让影片中的关键人物迅速闯入观众的视线吧!让观众的视线,始终跟着影片中的人物走吧!这就是"看见人"。

什么是"看见事"?就是让观众看到故事情节。电影里不要总是充满了对话——有的微电影创作人喜欢让人物通过聊天,把他们经历的事说出来,而不是直接去拍人物正在经历着什么事情。这就是没有做到"看见事"。除非对话极其有趣,否则只看别人聊天,是件很沉闷,很无聊的事。当然你也不要陷入另一个误区——不拍人物对话。故事情节中,一定是有大量人物对话的,这些对话也是故事情节发生的一个部分,而不是仅仅让人物把他们的经历"聊"出来。

"看见事",就是微电影里看到的一个个故事片断,把这些片断串在一起,就成为一个跨越几天、几个月,甚至上百年的大故事。要让观众看到不同的场景里发生的不同的故事情节——注意!不仅情节要丰富,拍摄场景也要丰富!否则,即使你的故事很曲折,但总是出现在同一个场景里,观众也很容易审美疲劳。

像"教育篇"里的这些故事,大多是发人深省的,要把它们说好,就格外要注意这一点。你要把你想要表达的所谓"意义"、"哲理"、"反思",通过"看见人"、"看见事",

传递出来，而不要让人物直接说出来、用字幕直接打出来，这是很缺乏情趣的做法。

讲故事一定要有主题，就像文章的“中心思想”，否则就是无病呻吟、不值得一看的故事。但是也不要把你的观众当傻瓜，非得让主人公说个明白，觉得只有这样观众才看得明白似的。其实“看见人”、“看见事”，把故事讲清楚，让观众去细细品位其中的深意就可以了。

平凡的人，朴素的故事，却深藏着大道理。这才是真正地用微电影“讲好故事”。

破网行动

温州市石坦巷小学

影片导读

班中一学生——小飞，因父母长期在外谋生成了留守儿童。缺乏家人的关爱和陪伴让他常常感到孤单，于是选择以电脑为伴。他自从喜欢上了网络游戏之后变得无法自拔，旷课的情况时有发生。同学和老师主动介入，想方设法帮助小飞远离网游，为此展开了一场“破网行动”。

这是一次怎样的行动？小飞会顺利回归到班集体中吗？请扫右侧的二维码。

剧本精要

第一场

内景：白天

地点：石坦巷小学门口及三(2)班

人物：小飞，班长，同学若干

小飞旁白：我叫小飞，是石坦巷小学三(2)班的学生，我喜欢航模、喜欢运动、喜欢游戏……后来爸爸妈妈出远门赚钱了，网络游戏成了我最好的伙伴，凡是我以前喜欢的现在都不喜欢了，满脑子都是网络游戏。(他背上书包到学校，教室内老师刚刚说完“下课，同学们再见！”小飞便一头趴下睡觉了。)

班长：(轻轻地拍了拍了小飞的肩膀)小飞，你怎么了？不舒服？

小飞：(生气地推开)关你什么事！没睡好，困着呢！别烦我。

同学1：(调侃道)昨晚又通宵玩游戏了吗？快说说你是怎么躲过爸爸妈妈的监控的？

同学 2:小飞你怎么可以通宵玩游戏啊？爸爸妈妈真不管你吗？我要是碰一下鼠标,我妈妈就像是碰到了高压线一样会尖叫起来的。

同学 3:你们怎么和小飞比啊,小飞的爸爸妈妈去外地发大财去了,他可以随便玩游戏,不过你也别玩太久了。

小飞:(怒目而视,指着同学怒吼道)你们统统给我闭嘴,再说爸爸妈妈,我秒杀你们!

班长:你怎么可以这样对同学们说话呀,别人这样说也是为了你好!

小飞:(话音未落,小飞拿起书包站起就走,回过头说)那我就只好早点走了,永远都不回来,免得你们瞎操心!

同学 4:这就是传说中的旷课？会被妈妈打屁股的。

第二场

内景:白天

地点:老师办公室

人物:老师,班长

办公室内老师正在批改试卷和作业本,面对小飞那糟糕的作业无奈地摇头……

班长:(到办公室敲门)报告!

老师:请进!

班长:(非常着急地跑向老师)报告老师,不好了,不好了,小飞被我们气走了,走的时候还说永远不回来了。

老师:(露出担心的样子)怎么回事,你们吵架了吗?

班长:我们并没有吵架,我们就是问他一下,他在家里玩游戏家长都不管吗,他就很生气地走了。

老师:(突然抬起头,恍然大悟道)原来是这样啊!(神情凝重)

第三场

内景:白天

地点:操场空地上

人物:班长,同学若干

放学了,同学们主动留下来商议如何帮助小飞,让他回到班级这个大家庭中。

同学 1:(忧心忡忡)小飞都两个月没来上学了,再不来上学,学习就跟不上了。

同学 5:是啊,所以我们一定要劝他回来,只是我担心他不听劝告!

同学3:不听也要劝,谁让我们是同学呢!

同学6:说得对,我们轮流上阵,一定要劝他回来!

班长:(眼睛一亮,面露喜色)来,来,我想到一个计划,是这样的……

第四场

内景:晚上

地点:小飞家

人物:老师,小飞,班长,同学若干

同学上门劝告,两三人一组轮流出现在小飞家门口,但是小飞拒不开门,一次比一次严重,从轻声拒绝到最后开始砸东西。

老师家访,小飞极不情愿地打开门让老师进去,老师望着满目疮痍的房间和混乱的电脑桌惊呆了。

老师:(语重心长)小飞,来学校上课吧,同学们都很想念你!

小飞:(不屑一顾)老师你等我一会,我还有个副本没打,马上就好了。

小飞:(又来到电脑前继续玩游戏,对站在一旁的老师爱理不理,他边玩边说)老师,你不要来了,我也不想去学校了,别问我为什么,反正我就不想去了。

老师:(家访失败,无奈离开,自言自语道)小飞,你就像一条被网住的小鱼,靠你自己已经无法出来,我该做些什么呢?(老师边走边想,掏出手机,拨通小飞父母的电话)

第五场

内景:白天

地点:教室里

人物:老师,全班同学

老师组织"破网行动"的主题班会课,商量如何来挽救小飞这一网瘾少年,让他尽早回归到班级这个大家庭中。

老师:同学们,我们班的小飞同学沉迷于网络游戏无法自拔,今天我们来商量一下"破网行动",来帮助小飞。

同学6:既然是"破网行动",我们干脆就切断小飞家的网络,让小飞上不了网,这样网不就破了吗!

老师:这不是好办法,我们得让他心甘情愿从网里出来,否则还会重蹈覆辙。

同学7:给小飞买好吃的,有了好吃的小飞就不想玩游戏了。

同学5：对啊，我可以给小飞最好玩的玩具，有了好玩的玩具他肯定就不想玩游戏了。

同学8：老师，老师，有了好吃好玩的还要有人陪他一起玩，他才会忘记游戏。

老师：我们班长还有话要讲，我们来听听班长的建议吧！

班长：老师，艺术节比赛就要开始了，小飞书法这么好，我们就让他参加艺术节比赛吧！

全体学生：（异口同声）对！对！对……

老师：（露出欣慰的笑脸）大家的主意都不错，但需要我们一起来帮助他。

全体学生：（高声喊道）老师，我愿意！我也愿意！我们都愿意……

第六场

内景：白天

地点：小飞房间

人物：小飞，小飞父母

比赛即将临近，同学们为小飞拍了一个小视频，让他明白全班同学是多么希望他回到班级，回归大家庭。

小飞：（正在家聚精会神地玩游戏，电脑对话框突然显示班级同学发来的小视频）小飞你快回来，我们需要你，三(2)班需要你，快回来！……

（小飞很是感动，热泪盈眶）

小飞爸爸：（来电）喂，儿子，我跟你妈忙过这阵就回家陪你……

小飞：爸爸，你什么都不用说了，我懂了，我以后不会让你担心的。

小飞爸妈挂完电话，父母哑然，面面相觑。

第七场

内景：白天

地点：教室

人物：老师，全班同学

在班级师生的共同努力下，小飞决心告别网游，回到温暖的大家庭中认真学习。

全体同学：（随着一声敲门声，端坐的同学和老师看见小飞站在门口，大家先是一愣，随后全体起立鼓掌，齐声欢呼）欢迎，欢迎，热烈欢迎小飞归队！

小飞在同学的簇拥下，不好意思地坐回了自己的位置。

同学4：这就是传说中的浪子回头啊……他的爸爸妈妈该有多高兴哪！

创作手记

“留守儿童”一直是备受社会关注的一个群体，由于他们长期缺乏父母的关爱和管教，常会出现自卑、叛逆等一系列问题。因此，我们应该给予留守儿童更多的关爱，让他们健康快乐地成长。

创作动机

四(3)班有一男生，入学后经常不按时上学，反反复复多达数次。据了解，该生父母长期在国外，家中年迈的爷爷奶奶对他甚是宠爱，常毫无原则地满足孩子的各种要求。自从家中买了电脑、装了宽带后，孩子沉迷网络游戏。老师多次家访，孩子仍没有返校意愿。为戒网瘾，家长也尝试中断网络等办法，不料该学生在家大吵大闹甚至以死要挟，严重影响孩子的学习和家人的生活。为此，学校老师与同学们想方设法来挽救这位网瘾少年。

听闻这样的事例，在惋惜之时也令人深思：是什么让孩子一步步沉迷游戏？如何才能遏制这样的事例发生？……留守儿童的问题是一个长期以来都未能解决的社会问题，网瘾少年也是社会关注的群体，思及此，我们想以这个事例为引子拍摄一部具有教育意义的微电影，消除迷途少年的负能量，传递相互关爱的正能量，让留守儿童们健康快乐地成长。

主题提炼

微电影既要符合观众的口味，又需要有一定的教育性，这样既能吸引观众的眼球，又能达到寓教于乐的目的。影片《破网行动》以爱为主线，旨在传递社会的正能量，呼吁大家要帮助迷途少年、关爱留守儿童。

留守儿童作为一个特殊的群体更应受到社会、学校、家庭的关注，让他们感受到社会的关爱、集体的温暖和亲情的可贵。剧中“小飞”的形象是留守儿童的代表，同时，小飞也是部分网瘾少年的代表，具有一定的社会典型性。通过直观的画面、感人的情景来吸引观众，并从中受到教育或启发是我们拍摄的目标定位。“严以律己，关爱他人”，这是《破网行动》中爱的具体表现。

演职人员独白

小飞	郑成俊饰
班长	黄乐瑶饰
同学 1	王梓艺饰
同学 2	蔡加得饰
同学 3	吴函芮饰
同学 4	宁鸿亮饰
同学 5	胡棋迪饰
同学 6	童昱瑶饰
同学 7	许泽一饰
同学 8	胡钰麒饰
父亲	胡辉饰
母亲	徐丽洁饰
老师 1	潘赛琼饰
老师 2	李芳芳饰
导演	蔡莘怡
编剧	林靖博
摄影	潘郁涵　蒋吴诺
后期剪辑	文哲媛
指导老师	鲍美丽

如果·没有·手机

平阳县万全镇宋桥小学

影片导读

手机在不知不觉中改变着我们的生活方式，它让生活更加丰富多彩而且便捷，让沟通更加及时方便，然而它却成为黄绍涵的烦恼来源，这是为什么呢？

黄绍涵和胡特是一对好朋友，绍涵生活在一个幸福的小康之家，他从来没有离开过父母的身边。而胡特是一个留守儿童，跟着奶奶生活。胡特羡慕绍涵，绍涵却是有苦难言。原来，绍涵的爸爸妈妈过度沉迷于手机，成了实实在在的低头族。近来，他们几乎不与绍涵沟通交流，有的也只是简单的几个字的回答。

落寞伤心的绍涵于是开始了一场与手机抢夺父母之爱的战斗。他会做些什么呢？他会成功吗？答案都在右边的二维码里。

剧本精要

第一场

内景：白天

地点：平阳县万全镇宋桥小学门口

人物：黄绍涵，胡特，胡特奶奶

镜头从天空切换到校园，校园零零星星几个走动的人影。绍涵和胡特并排走下楼道，走向校门口。

胡特奶奶：（夕阳下，奶奶呼唤着胡特的名字）胡特，来来来。

胡特：（欢快地走向奶奶，并向绍涵告别）再见。

绍涵：（礼貌地抬手）拜拜。

看了一眼奶奶和胡特携手离去的背影，绍涵落寞地低下了头，一个人往回走。

第二场

内景：晚上

地点：客厅

人物：绍涵，绍涵爸，绍涵妈

绍涵背着沉重的书包回到家里，此时爸爸妈妈已经下班在家了。爸爸坐在客厅认真地刷着手机，妈妈在厨房边做饭边玩手机，没有人发现绍涵回来。

绍涵：爸爸，我回来啦！

绍涵爸：(头也不抬，应付地答道)哦。

绍涵放下书包走到妈妈跟前。

绍涵妈：(只顾着手机，头也没抬地说)哦，回来啦。

特写绍涵趴在餐桌上，一副若有所思、闷闷不乐的样子。

绍涵妈：(从厨房里出来，将菜放下，掏出围裙口袋里的手机对着桌上的菜拍了几张照片，再招呼绍涵吃饭)阿涵，去洗手吃饭！

镜头始终拍着绍涵和绍涵爸的连贯动作。

绍涵：(洗完手)爸爸，吃饭啦。

绍涵爸：哦，知道了。

绍涵爸拿着手机低头走到饭桌前，膝盖不小心蹭到茶几的角，痛得龇牙咧嘴，用右手揉了揉膝盖，但眼睛始终盯着左手拿着的手机。

第三场

内景：晚上

地点：饭桌上

人物：绍涵，绍涵爸，绍涵妈

绍涵爸将手机放桌上，低着头，一边吃饭一边刷微博(手机不时发出微博消息的声音)。绍涵妈也忙着刷微信朋友圈。饭桌上一家三口静默无声。

绍涵：爸爸，胡特说，过段时间就要到端午节了，他奶奶买了好多粽叶，准备包粽子。我们家是不是也买点粽叶包粽子啊！

绍涵爸：(眼睛没有离开手机)问你妈！

绍涵将眼睛看向绍涵妈。

绍涵妈：(眼皮都没抬，边刷朋友圈边说)自己包粽子太麻烦了，还不如买一些，更

好吃。

绍涵:(看着爸爸妈妈的反应,失望地低头扒饭,小声应道)哦。

夫妻俩都只顾着刷手机,没有人留意此刻绍涵的失落。

饭桌上,绍涵看看爸爸,再看看妈妈,无奈地摇摇头,默默吃完了饭。

绍涵:爸爸妈妈,我吃饱了。

绍涵妈:好。涵涵,放下给我,你快去写作业吧!

绍涵:好。

绍涵慢慢背起书包往房间走,此刻爸爸坐在客厅的沙发上,继续玩着手机。

第四场

内景:晚上

地点:绍涵的房间

人物:绍涵

一扇门被慢慢地关上了,镜头切换,昏黄的灯光,绍涵在写着日记,时而低头写,时而托腮思考。神情低落。

绍涵内心独白:爸爸妈妈常说我是充话费送的,以前我还不相信,今天我终于相信了。手机才是爸爸妈妈的孩子。

如果没有手机,爸爸会不会陪我出去打打篮球呢?

如果没有手机,妈妈会不会陪我阅读,帮我检查作业呢?

如果没有手机,周末爸爸妈妈应该能陪我去爬山、烧烤、放风筝吧。

如果没有手机就好了。

如果没有手机就好了……(重复三遍,声音渐轻)配悲情或低沉一点的背景音乐。

背景音乐转换。

绍涵:(像是想起什么似的,小声嘀咕)如果我把爸爸妈妈的手机偷过来就好了。

绍涵:(站了起来,为自己的决定感到振奋,像是打气般地对自己说)嗯!

第五场

内景:晚上

地点:卧室

人物:绍涵爸,绍涵妈,绍涵

闹钟滴滴答答不停地走着,指向了十一点十分,绍涵忐忑地打开了自己的房门,蹑手蹑脚来到爸妈的房间门口,趴在门上听了一下。

绍涵内心独白:真安静,爸妈肯定睡了。(内心一阵窃喜)

绍涵小心翼翼地打开了爸妈的房门,幽暗的房间里还闪着两道白光,原来爸妈还在看手机。

绍涵内心独白:这么晚了,两个人还在玩手机!(失望地关上门)

镜头切换到绍涵脸部特写,沉睡中,突然睁大眼睛坐起。(背景音乐是闹钟滴答滴答的声音)

绍涵起床,再次蹑手蹑脚地打开自己房间的门,来到爸妈房间门口。

绍涵内心独白:太好了,听到爸爸的打呼声了!

兴奋且小心翼翼地开门,看到爸爸睡了,妈妈还在玩手机。

绍涵:(关门、捶手、叹气)我实在受不了了。

第六场

内景:白天

地点:客厅

人物:绍涵妈,绍涵

妈妈将手机放在洗手间外的架子上,开始洗漱化妆。

绍涵:(眼睛发亮,快速拿了手机,假装平静地说了一声)妈,我去上学了。

门关上后,立刻将手机关机,放进了书包。

第七场

外景:白天

地点:学校楼道

人物:胡特,绍涵

胡特在电话亭前拨打电话。

胡特:爸爸,奶奶问你端午节能不能回来,她买了很多粽叶……

胡特爸爸:(画外音)儿子,端午节我们可能回不去,最近生意有点忙,走不开。

胡特:爸爸,我想你了。

胡特爸爸:爸爸也想你。儿子最乖了,等爸爸妈妈赚够了钱,我们就回家陪你,好吗?

胡特:不用了,爸爸,这样就很好了。我同学说,你们大人赚了钱就会买手机儿子,就不会理我们这些儿子了。

胡特爸爸:不会的,爸爸现在有点忙,晚点再聊。

胡特:好,爸爸,拜拜。

绍涵:(从教室跳了出来,调皮地拍了拍胡特的肩膀)又给你爸爸妈妈打电话了。

胡特:对呀。(黯然状)你真幸福,爸爸妈妈一直在身边。

绍涵:(夸张状)有一位伟人曾经说过,世界上最遥远的距离不是生与死,而是我站在你面前,(无奈状)你却低头玩手机。

胡特:谁说的?

绍涵:我说的呀!

绍涵:(从口袋里掏出手机,放在胡特手里)这个手机送你了,你不是一直都很想和爸妈聊天的吗?

胡特:这是谁的?

绍涵:(附在胡特耳朵旁,神秘状)这可是我千辛万苦从我妈那里偷来的。

胡特:(急忙说)这怎么行,我不能要!

绍涵:你就收着吧。手机应该给真正需要它的人。

胡特:可这手机是你妈妈的呀!

绍涵:放心啦,我会想办法还我妈一个新的啦! 再见。

胡特拿着手机呆呆地看着。

第八场

内景:晚上

地点:客厅

人物:绍涵爸,绍涵妈,绍涵,胡特,胡特奶奶

绍涵的爸爸妈妈正翻箱倒柜地找手机。绍涵穿着手机服进来,他们全然不知。

绍涵爸:找到了吗?

绍涵妈:没有,到底哪儿去了?

绍涵爸:打个电话试试!

绍涵妈:打过了,到底去哪了? 怎么回事啊?(焦急状)

绍涵:爸爸,妈妈。

绍涵:(再次大声地叫)爸爸,妈妈!

爸爸妈妈望了过来,好奇地打量着孩子的装扮。

绍涵妈:怎么啦,穿成这样?

绍涵:这是我还给你们的新手机,喜欢吗?(天真状)

爸爸妈妈不解。此刻门铃响起。

绍涵爸:谁呀?

胡特奶奶:(声音从门外传来)有人在家吗?

绍涵爸:有的,有的。(上前开门)

胡特:叔叔好。我是黄绍涵的同学,这是我奶奶。

胡特爸爸:进来坐。

除了绍涵,集体落座。绍涵一个人躲在沙发后面。

胡特:谢谢叔叔,这是黄绍涵借我们的手机,我用好了,还给您。

绍涵妈:(一把接过手机)这不是我的手机吗?我还以为丢了,原来在你那里啊。

奶奶:你的手机真好啊,有视频,我和我的儿子儿媳都能面对面说上话!真好啊!谢谢你们啊!

绍涵妈:是啊,它是可以视频的。我还以为丢了,原来是绍涵给你们了。

绍涵爸:(看了一眼绍涵)原来是这样。

胡特和奶奶起身道别,绍涵爸、绍涵妈将其送出家门。

客厅里只留下了绍涵一家人,绍涵妈拿起绍涵做的手机外套,前后翻看,若有所思。

绍涵爸:绍涵,过来。

绍涵慢吞吞地走到爸爸妈妈中间,坐下来。

绍涵妈:你把这个做起来干吗呢?

绍涵:爸爸,你知道你多久没陪我打篮球了吗?妈妈,你记得多久没有检查我的作业了吗?每次老师开家长会的时候,别的同学家长都去了,你们却因为玩手机而没去。老师问我为什么,我都不知道该怎么回答。我多想成为你们手上的手机啊!所以我就做了这个。

爸爸妈妈回想起自己玩手机的场景,陷入了沉思。(此刻切入回忆片段,回放绍涵爸妈玩手机的画面)

许久。

绍涵妈:(放下手机,抱住了绍涵)阿涵,妈妈对不起你,对你的关心太少了,不知道你心里是这样想的,以后妈妈会注意的。

绍涵爸:以后每天放学,爸爸陪你打篮球。我们击掌为誓!

绍涵:耶!那我们现在就去吧!

绍涵爸:啊,现在?

结束,轻松欢快的音乐响起。

创作手记

创作动机

剧本创作的灵感源于宋桥小学五(1)班胡安冉同学的一篇日记:放学的这一路上,我看到很多大人都一边走路一边看手机,其实我和同学们也一样,回家的时候也经常拿起手机就舍不得放下。这时候,爸爸妈妈会阻止我,不让我玩手机,可是他们也是一样,也经常没事就捧着手机呀!好像我们彼此之间的交流都没有跟手机相处的时间多。

我们看到这篇日记后,觉得孩子的眼光敏锐,发现了整个社会普遍存在的问题。恰逢温州市校园微电影大赛评选,觉得这是一个很好的题材,就鼓励学生根据低头族的现状再结合班级一些孩子的留守状况编写一个故事。在与学生共同商议、几番修改后,最终形成了《如果·没有·手机》原创剧本。

主题提炼

整部影片以手机为线索,从校园生活剧的角度,描述了一个真实的、人们已经警觉却没有找到解决办法的社会现象,希望观众从影片中懂得:手机应该是人与人沟通交流的协助工具,而不是生活的重心。人们应该放下手机把关注与爱留给身边的人。

演职人员独白

黄绍涵　　黄绍涵饰
胡特　　胡特饰
黄绍涵爸爸　　黄海鹤饰
黄绍涵妈妈　　林爱云饰
胡特奶奶　　钟奶昧饰
导演　　吴仁义
编剧　　胡安冉
摄像　　张其俊
后期剪辑　　郑朝斌
指导老师　　李蓉蓉　林晓瑜　王苗苗

渴望奔跑

诸暨市实验小学教育集团荷花小学

影片导读

今年，琳儿升了六年级。但琳儿的课余休息时间却被补习班和兴趣班占据，琳儿妈妈也不停地鞭策着琳儿，让她紧紧攥住小学空闲的尾巴。日复一日如此的生活，让琳儿失去了接触自然，自由奔跑的机会。面对着同学们与自然亲密地接触，琳儿能否坚持自己？面对琳儿的殷切期盼与老师的耐心开导，琳儿妈妈又能否明白琳儿真正需要的是什么？而在这过程中，两个人会有怎么样的冲突呢？

剧本精要

第一场

内景：日景

地点：琳儿家里

人物：琳儿，爸爸，妈妈

星期六清晨，天空湛蓝，万里无云，让人忍不住想出去走走。

妈妈：（急匆匆地走进琳儿的房间）起床了，快点，快点！七点半的奥数班快要迟到了！

爸爸：哎呀，怎么周六早上还有课啊，让她慢慢来吧，太辛苦了。

妈妈：我要早点送她去上学，小孩子多学点东西没什么不好的。

琳儿：妈妈，中午12点的钢琴课能不上吗？班主任让我们出去走走看看，感受一下大自然，在户外阅读一本书。

妈妈：（瞪大了眼睛）不上钢琴课？当然不可以！落了一节课，你万一跟不上别的

同学怎么办？老师又不会给你单独补课的，不行，绝对不行！

琳儿：那好吧，那去上钢琴课，可是，老师布置的作业怎么办？

妈妈：不去感受大自然，老师又不会知道，没事没事！

琳儿看着妈妈欲言又止。

第二场

琳儿和妈妈到了奥数辅导班教室门口。

妈妈：（挥着手）再见，琳儿，妈妈九点来接你啊，好好学，用功点。

时间匆匆而过。9：00，妈妈准时到了奥数班教室门口。

妈妈：（拿起琳儿手中的书包）快快，马上要九点半了，英语课来不及了！

时间匆匆而过。11：30，妈妈准时到了英语班教室门口。

妈妈：加油！加油！上午最后一节课了，上完这节课，就可以吃中饭了！

时间匆匆而过。下午1：30，妈妈准时到了钢琴班的教室门口。

妈妈：今天练习得怎么样？

琳儿：（揉着眼睛）挺好的！

妈妈：那就好，我们去吃饭吧。下午3点还有写作课呢！

第三场

繁忙的双休日在琳儿和妈妈的东奔西走中结束了，新的一周来了。

林老师：同学们，上周末的天气特别好，阳光温暖，大家有没有去户外走走，完成老师的任务啊？

同学们：有！

同学甲：被太阳一晒，实在太舒服了，感觉整个人都伸展开来了。

同学乙：我和爸爸妈妈还一起去外面拍了些照片，满地的落叶，枯萎的荷叶，都别有一番风味。

琳儿听着同学们谈论外面的风景，她觉得特别陌生。

林老师：说到去户外走一走的话题，大家都有说不完的话。那这节课，林老师就想请大家把周末去外面玩的小发现、小惊喜写下来，和林老师分享你们的所见所闻，行不行？

同学们：行！

同学们都低头开始写作文。琳儿侧着头，拿着笔，一动不动。林老师轻轻走到琳儿身边。

林老师:怎么了?为什么不写作文?

琳儿:写不出来。

林老师:这个双休日没有出去玩吗?为什么?

琳儿:要上很多补习班,妈妈不让出去玩。

林老师:那你要告诉妈妈,这是老师布置的作业,不完成会影响正常上课的。

琳儿:说了,但是……

豆大的泪珠掉到了课桌上,林老师若有所思,全部的同学也都停下了手中的笔,同情地看着琳儿。

第四场

放学后。林老师在办公室等琳儿妈妈。

林老师:琳儿妈妈,今天语文课是要孩子们写作文,但是琳儿交了白卷。

妈妈:怎么回事啊?我们周末还去上过写作班的呢,作文怎么会交白卷呢?(琳儿妈妈看着琳儿)

林老师:我了解过情况了。这不能怪她,因为今天的作文主题是周末去户外走走的小发现、小见闻。但是琳儿说,她跟您要求过了,您没答应她。

妈妈:哦,这个啊,那是因为她有补习课,所以双休日都没空出去走走。

林老师:双休的补课,不能耽误了正常的上课和作业。为了补课,琳儿就没办法跟其他同学一样出去看看大自然,感受外面暖暖的阳光了。

妈妈:不看一次两次没什么关系吧。以后等没有课了,再去看不也是一样吗?

林老师:琳儿妈妈,孩子经过了一周的学习,趁天气好,让她出去走走,每次出去走总能有新的发现,也会有新的收获。补课我不干涉,但是太多,我不同意。这样会让琳儿太疲劳。(妈妈和林老师都同时看着琳儿)

琳儿:(认真地看着妈妈)我想去草地上跑一跑,想去闻一闻冬天的味道,我也想把自己眼中的冬天写下来,跟林老师分享。妈妈,少一两节课,可以吗?

妈妈看着琳儿,郑重地点了点头。

第五场

在小区里,琳儿和妈妈一起在散步。

琳儿:妈妈,好久没有跑步了,我们来比一比谁跑得快吧。

妈妈:哈哈,是啊,自从你上了五年级以后,妈妈就没和你一起跑过步了。

琳儿:预备,起!

妈妈和琳儿开心地奔跑。

画外音:获取知识,不仅靠学习学校里的课本知识,还有许许多多其他的途径,在课外,在生活中,“读万卷书,不如行万里路”。

创作手记

创作动机

现在许多家长的思维被限制在“书本才是最重要的,需要反复学习”的定式里,进而关注各种补习班,为自己的孩子安排许多课外补习课,占据孩子的休息时间。可其实,书本上的知识只是学习生活的一部分。学习还有许多其他途径,不应该只拘泥于书本知识学习。这种现象正是创作本剧的动机所在。

主题提炼

“行而后知,行以验知。”如果没有见过庐山瀑布的真貌,没有领略过庐山层峦叠嶂的雄伟,光凭书籍里的介绍,如何能让李白写出“飞流直下三千尺”的壮观;如果没有亲历战场的厮杀,光凭兵书里的解释,又如何能让辛弃疾写出“想当年,金戈铁马,气吞万里如虎”的气魄;如果没有见过塞外奇特壮丽的风光,光听师者教授,如何能让王维写出“大漠孤烟直,长河落日圆”的雄浑意境。

生活是最好的教科书,大自然是最好的导师,行走于青山绿水间,奔跑在蓝天白云下,放飞心情、放飞希望。它可以教你用开阔的视野去面对人生的瞬息万变,可以教你用坚韧不拔的意志去坚持自己的梦想。

演职人员独白

琳儿　陈姿伊饰

琳儿妈　楼锯云饰

作文培训班老师　钟龙芳饰

钢琴培训班老师　唐慧饰

林老师　章炯燕饰

导演　许惠(诸暨市实验小学教育集团荷花小学校长)

副导演　胡伟杰(大胡小胡工作室)

编剧　陈姿伊

摄像　手印团队

后期剪辑　侯小白

指导老师　周春平(诸暨市实验小学教育集团荷花小学老师)

周　末

诸暨浣江教育集团

影片导读

主人公傅筱的周末时间几乎都被妈妈排得满满的，用来上补习班。在一次去补习的路上意外碰到了同一学校的张涵，经过交谈她发现张涵的周末生活和自己简直是天差地别，不由地十分羡慕。于是，为了转变妈妈过度重视学业的态度，在张涵的帮助下，傅筱带她妈妈参观了学校周末的各种社团，丰富而有趣的各项活动能够改变妈妈的想法吗？

剧本精要

第一场

内景：清晨

地点：小公园

人物：傅筱，张涵

周末的清晨，阳光在天空中洒出一片金黄，树叶在微风吹拂下翩翩起舞，早起的鸟儿唱着动听的歌，一切都显得那么安宁。傅筱正骑着自行车去上补习班。

张涵：同学，你的书掉了！同学，你的书！唉，同学，同学，你的书掉了。总算追上你了。

张涵：同学，看你这校服是我们浣江的学生吧？

傅筱：对啊，那你穿这样是……

张涵：我也是浣江的学生呀！我是我们浣江微电影社团的，我们现在在拍微电影呢！

傅筱：哦！

张涵:那你呢? 拿着试卷干吗呀?

傅筱:我?! 嗯,妈妈让我去上补习班。

张涵:啊?! 周末这么好的时光你要去上补习班,那多浪费啊! 那你会什么才艺?

傅筱:才艺! 钢琴、书法、表演算吗?

张涵:你有这么多才艺你怎么不参加我们学校的社团呀! 我们学校书法社团、表演社团、钢琴社团都有呢!

傅筱:我妈应该不会让我参加吧?

张涵:啊? 不一定嘛,你要不问问你妈妈?

傅筱:问我妈? 那……

张涵:对啊! 找个时间问问吧。

傅筱:好啊! 那下周我带我妈来参观一下你们社团吧!

第二场

内景:周末清晨

地点:校园

人物:傅筱,傅筱妈妈,张涵

周末的早晨,妈妈在傅筱的再三要求下终于同意一起到校园里走走。带着不乐意和怀疑的心情,妈妈来到学校参观傅筱所说的学校社团。张涵早已在等候傅筱和她妈妈,准备好好向她介绍一下学校的社团。

傅筱:哎,妈,我们学校最近有很多社团,有摄影社团、画画社团,还有微电影社团呢! 上次我就碰到了微电影社团的同学,感觉老好玩了!

妈妈:你就知道玩。

张涵:同学,同学,我在这,你来啦!

傅筱:嗯,这是我妈。

张涵:哦! 阿姨啊,阿姨好! 哦对,上次没做自我介绍,我叫张涵。

傅筱:哦,我是傅筱。

妈妈:这是你同学? 补习班的同学?

傅筱:不是,是上次去补习班时路上遇到的同学。

妈妈:欸? 你们学校怎么会有出租车在校园里的?

张涵:哦,那就是我们的微电影社团啊! 他们正在拍微电影,可有趣了。

傅筱:唉,妈,那我们去看看。

妈妈:去看看。

张涵:阿姨,这些微电影都是我们自导自演的,都挺不错的。那个女生是我们班的,她多才多艺,可厉害了。那个男生平时挺调皮的,不过演起来就像换了个人一样。他们拍的东西还挺好笑的呢!

妈妈:那我们去看一下。

傅筱:好啊!

第三场

内景:周末清晨

地点:校园宿舍前

人物:男生,女生,司机

微电影社团的同学们正在宿舍楼前忙着拍摄一个小品,摄像的同学调好设备,准备开拍……

女生:师傅,去农业银行多少钱?

司机:20。

男生:唉,我先叫的车怎么就你先上了呢?

女生:唉,你先来后到知道吗。

男生:师傅,去荷花小学,30。

女生:我上班快迟到了。

男生:唉,我上学还要迟到了呢。

女生:师傅,50 块,走不走?

男生:我给 100。

女生:哎!有钱任性嘛,姐还治不了你了。200,哼!

男生:算你牛!爸,再见。

司机:儿子,好好读书啊。

第四场

内景:周末清晨

地点:校园海螺山上

人物:傅筱,傅筱妈妈,张涵

三人漫步走上校园的海螺山,摄影社团的摄影作品在这里展出。琳琅满目的悬挂式的照片在微风中荡漾,别有一番味道。

张涵:挺好玩的吧。

傅筱：妈妈，我觉得也挺好的。

张涵：哎，我们那海螺山上还有其他的社团呢，要不要去看看？

傅筱：好啊，好啊，去看看。

张涵：阿姨，这海螺山上啊，有个摄影社团，那上面挂满了照片，那些照片啊，都是学生自己拍的，拍得可好了，好些照片都获过奖呢。

傅筱：哎，妈，你这么爱自拍，到时候我学好了，获那么多那么多那么多奖，一定把你拍得美美的。

张涵：那当然好了。我们那还有老师教呢，拍来的照片可以和照相馆里比呢，就在前面了。

张涵：哎，你们看，那儿有那么多照片呢，这些全是学生自己拍的。

傅筱：哎，妈，等我学好了我就把你拍成这样。

妈妈：哟，就是说老妈黑。

傅筱：白呀！

傅筱、张涵、妈妈：（哈哈哈哈哈哈哈）

张涵：欸，这是你们班那个杨…杨…

傅筱：杨一…杨一凡！

张涵：对对对！

张涵：你们看这光线处理得多好啊！

第五场

内景：周末清晨

地点：校园海螺山上

人物：傅筱，傅筱妈妈，张涵，小胖，杜老师

在风景秀丽的海螺山上，素描社团的同学在杜老师的带领下在此写生。错乱的画板、整齐的校服、专注的眼神、一副美丽的画卷……

张涵：那边是我们的素描社团在活动。

妈妈：隔壁小胖，你也有学习画画啊，怎么样？感觉怎么样？筱筱也想学。这是你画的？学了多久？挺不错的。

第六场

内景：周末清晨

地点：学校书法室

人物：傅筱，傅筱妈妈，张涵，蒋老师，学生

安静的教室里，满屋弥漫着墨香，同学们认真投入地在练习书法……

妈妈：同学，你学了多久了？

学生：三年。

张涵：三年能写成这样已经很不错了。

第七场

内景：周末傍晚

地点：家里

人物：傅筱，傅筱妈妈

家中傅筱手中拿着社团报名单，心中忐忑不安：妈妈会答应我去吗？上午的参观能改变妈妈的想法吗？

傅筱：老妈，出来看一下，坐下来瞧一瞧。

妈妈：社团招募通知。

傅筱：嗯。

妈妈：有个问题，那么多社团你到底喜欢哪一个？

傅筱：嗯……微电影社团吧。

妈妈：喜欢演？哦，我也挺喜欢的。

傅筱：嘿嘿嘿！

妈妈：不过学习和玩要要安排好，学习的本分不能丢。

傅筱：这个我发誓，绝对不会让成绩掉下来的。

妈妈：妈也挺喜欢演的，下次你有机会演女儿的时候记得和导演说，不要演别人家女儿。

傅筱：啊？不演别人家女儿，那演谁？

妈妈：嗯！

傅筱：嗯？噢……原来妈你有这心思啊！嘿嘿嘿！

妈妈：那我做饭去了。

傅筱：好的。

创作手记

创作动机

学校的微电影社团从成立到现在已有三年时间，期间在徐剑峰老师的悉心指导下已发展成了拍摄组、演员组和制作组三个团队，共十四名成员，成立以来也拍摄了一些作品供全校师生欣赏。

这次想借参加浙江省微电影创作大赛的机会拍一部以学校学生的周末生活为主题的微电影，既能够让微电影社团的成员们通过团队合作得到锻炼的机会，提高团队整体的创作能力；另一方面也能借此宣传学校丰富多彩周末活动。微电影的主题与我们学校的特色实现有机结合，这是我们这次创作的初衷，同时这一点也得到了学校领导的大力支持。

主题提炼

主人公周末时间常常被妈妈安排参加文化补习班。如何改变妈妈以文化课为中心的思想，让她认识到丰富多彩的周末学生社团对孩子素质培养的重要性，把愉快的周末还给孩子，是本影片的表达的主题。

演职人员独白

傅筱　傅之恒饰

傅筱妈妈　周小英(诸暨浣江初中教师)饰

张涵　张坤雨饰

导演　徐剑峰(诸暨浣江初中教师)

编剧　王骥平(诸暨浣江初中教师)

摄像　徐剑峰(诸暨浣江初中教师)

杨证浩

郑博文(诸暨浣江初中学生)

蒋灿明

后期　徐剑峰(诸暨浣江初中教师)

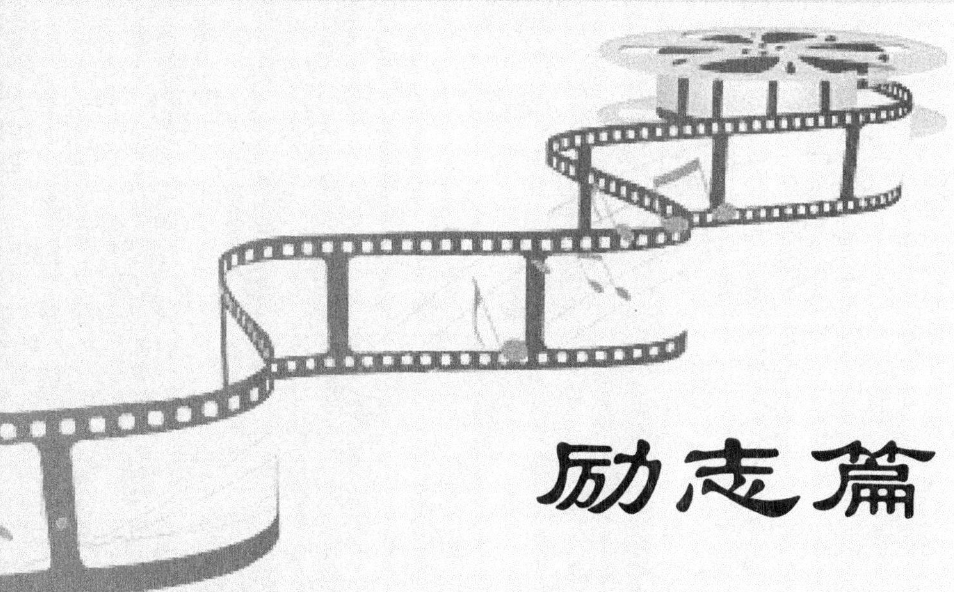

励志篇

好影片不可或缺的元素——矛盾冲突

浙江传媒学院　王翎子

什么样的影片才是好的影片呢？必定是有矛盾和冲突的，你也可以把它看作是影片的悬念。故事的主人公处在矛盾冲突当中，他该怎么办呢？这就是吸引观众看下去的地方。

比如励志篇里的这些故事，都是存在矛盾冲突的。励志的故事之所以励志，一定是主人公克服了重重的困难，做到了其他人做不到的事情。这些困难就是发生在主人公身上的矛盾冲突。

这样的影片要拍好，这些矛盾冲突要放大，要多花点镜头来拍仔细、说清楚。为什么对主人公来说这是巨大的困难？对主人公来说这到底有多难？最困难的时候主人公怎么样了？只有把矛盾冲突拍精细了，影片才能扣人心弦。

用影像讲故事，不一定非得按照时间顺序来讲。在写作文的时候，大家都学过“倒叙”的手法。拍微电影也是一样。我们可以从任意时间点开始讲，所以对于矛盾冲突非常激烈的影片，可以把困难、问题、矛盾尽早地抛给观众，吸引观众带着这样的悬念往下看。

你可以在影片的一开场，就把困难、问题、矛盾展示出来，接下来，在整个影片中，主人公是如何克服困难的，是拍摄的重头戏，一个困难刚克服，另一个困难又来了，这就可以制造“跌宕起伏”的效果，而在全片最结尾，才把主人公最终的命运、事情最后的结果、悬念背后的真相说出来。

并不是说只有励志的影片才有矛盾，所有好的影片都有矛盾冲突。矛盾不仅仅是指困难，冲突不仅仅指争吵，还包括人物性格的矛盾、命运的矛盾、人物内心的挣扎等等。什么叫性格命运的矛盾冲突？比如金庸小说《天龙八部》里的乔峰，明明是汉族人的丐帮帮主，却发现自己真实身份是契丹人而不得不离开丐帮；虚竹，明明是一心向道的和尚，却因命运作弄破了所有清规戒律，这些都是矛盾冲突。

在矛盾冲突不明显的影片中，需要刻意寻找、挖掘、安排矛盾冲突，使得影片更加好看。像美国好莱坞拍的电影大片，编剧和导演们甚至连第几分钟应当出现一次冲突、第几分钟应当出现一次笑点，都非常仔细地计算并精心安排，以保证影片时时刻刻抓住观众的心。

无奋斗 不青春

宁海县第一职业中学

影片导读

小羽读高一,农村出来的她刚到县里的高中,对一切都充满了新鲜感。她待人亲切和善,同学们都很喜欢她。然而经过一段时间的相处,她发现了自己与别的同学的不同之处,这个不同让她成为同学们开玩笑的对象。她为此一度陷入深深的自卑中,到底是什么造成了小羽的困扰?她又将如何度过青春期的烦恼呢?

剧本精要

第一场

内景:白天

地点:学校演播厅

人物:小羽,评委

亮灯声、心跳声、深呼吸,手紧张地握了握话筒,通过灯光、小羽手和脸的细节特写以及评委冷漠的表情,烘托出一种紧张的气氛(出现片头《无奋斗 不青春》)。

第二场

内景:白天

地点:浙江省宁海县第一职业中学校门口

人物:小羽

主人公小羽背着书包走向学校门口,她抬头看向门口学校的名字。

独白:我叫小羽,就读于宁海县第一职业中学,这是一个美丽的学校,能够在这里读书我非常开心，这里的一切事物于我而言都充满了新鲜感。我每天努力地跳舞、画画、学钢琴、交朋友。生活过得很充实。直到有一天我发现生活并没有我想象中的那么美好。

第三场

内景：白天

地点：后花园

人物：小羽，晓彤，小轩，小颖

在一个阳光明媚的中午，小羽和同学们一起散步，走累了的时候她们一起坐下休息，玩了一个普通话的小游戏。

晓彤：好累哦，我们坐一会吧。

小轩：我们找个地方坐一下吧。

小羽：好的。

小轩：那我们要不玩个游戏吧。

小羽：好呀，那玩什么游戏呢？（周围环视）

晓彤：我们玩绕口令吧！

小羽：好！（脸上洋溢着笑容）

小轩：那我先来，黑化肥会挥发！

小颖：黑化肥会挥发。

晓彤：黑化肥会挥发。（小羽望着晓彤，中景）

小羽：（近景）黑——化肥——会——挥发——（吞吞吐吐说完）

小伙伴们哈哈大笑起来（近景）小羽垂头丧气的，很失落（近景）。

第四场

内景：日景

地点：教室

人物：小羽，班主任，以及全班同学

班主任：好，同学们！我们现在要选一名临时班长，由于刚开学，你们之间都还不是很了解，那么下面呢，请同学们上来踊跃地介绍自己并竞选临时班长这一职。

小羽：（举手）老师我想试试（试试用不标准的普通话平舌）。

全班听了小羽的话笑出了声。小羽紧张地走上了讲台，并开始了她的自我介绍。

小羽：同学们好（hao 第四声），我是（si）小羽，我来自台州，我喜欢和你们一起玩，我很开心和你们在一起，我是(si)一个阳光灿烂的小女孩。(同学们的一阵笑声，小羽低头继续说)我是一个积极向上的小女孩，我喜欢我想我要担任这个班长，我会是(si)你们得力的好班长。(同学们再一次发出了笑声，小羽失落地低下头)(近景特写)

第五场

内景：日景

地点：教室

人物：小羽，伊利

小羽开始魂不守舍地在课堂上，坐在教室里手拄着下巴很失落，(近景)在自己的本子上乱涂乱画。(中景)当后桌伊利用笔戳她后背，叫她好几遍的时候，小羽很不情愿地转过头去。

伊利：嘿，小羽。口语老师布置的作业你背了吗？

小羽不理睬地回过头来，继续干她自己的事情。

伊利：怎么这样……

第六场

内景：白天

地点：学校图书馆通道

人物：小羽，小轩

在通道上小羽低着头抱着书走路，旁边其他同学也在陆陆续续擦肩而过，当和同学小轩迎面碰到时，小轩看到小羽并跟她打了个招呼。

小轩：嘿，小羽。

小羽对小轩的打招呼根本没有回应，自己走自己的，有一种与世隔绝的感觉。小轩用不解的眼神看着小羽(近景)，然后各自走开……

第七场

内景：白天

地点：口语老师办公室

人物：小羽，口语老师

小羽在口语老师那里去完成她的口语朗读作业。小羽朗读内容：那是力争上游的一种树，笔直(念成zi)的干，笔直(念成zi)的枝(念成zi)。它的干呢，通常是(念成si)丈把高，像是加以人工似(念成si)的。

口语老师:(打断了小羽的继续朗读,看着小羽)你怎么平翘舌音都分不清楚。小羽表情马上就变了(特写从上到下慢慢低头)显得很难过。

口语老师:(继续说)这样下去的话,我觉得你的口语是通不过的,(小羽紧张难过得用双手拽动衣服)我觉得你可能将来不太适合当幼师,这样子说话会把小朋友教坏的呀。(小羽嘟嘟嘴,手里拽着课本,想说什么又觉得很无奈)

小羽:(犹豫了一会儿看着老师)老师,我已经很努力地在读啦。

口语老师:(回过头来,意味深长地说)是吗?如果这样的话(看着桌上的课本),放学以后你把这一段再练几遍然后到我这里来好吗?(口语老师说完微笑着看向小羽,小羽拿起口语书踏着沉重的脚步走出了办公室)

第八场

内景:日景

地点:校园电视台门口

人物:小羽

小羽拿着口语书走出办公室,脚步放慢,眼睛恋恋不舍地看着口语书摸了又摸。走到垃圾桶的旁边,想起同学们的无意间的嘲笑,以及老师说她可能不太适合当幼师的那些话,她就把口语书丢进了垃圾桶里,开始忍不住哭了起来,感觉自己很无助。她身体倾靠在墙上,一下子就滑下来,双手抱着头痛哭流涕,还不停用手抹掉眼泪。

第九场

内景:白天

地点:班主任办公室

人物:小羽,班主任

班主任:小羽,最近很多任课老师都和我反应,你的作业没能够按时交上来,我觉得你发生了很大的变化,能和老师说说这是为什么吗?(班主任看着小羽,小羽在听的过程中一直低着头,回答的时候摇了摇头,班主任也沉思了一下然后继续说)经过一段时间的接触,老师发现了你其实是个很优秀的学生,但是再优秀的人也会有她的缺点,(镜头特写班主任近景讲话的认真)比如像你的普通话就不是很标准,但是对于普通话这个问题你经过一番努力之后,你肯定可以克服的,老师推荐你看一部电影吧——《国王的演讲》,希望对你有所帮助。

第十场

内景:白天

地点：办公室

人物：小羽

小羽在看着班主任推荐的电影——《国王的演讲》，看得很认真。电影主人公通过各种努力克服了自己口吃的毛病。小羽被主人公勇敢奋斗的精神感动，潸然泪下（近景小羽擦眼泪）。有一天走在楼道里，看到学校有关于举办“学法在课堂，守法在心中”法制演讲比赛的通知。

第十一场

内景：白天

地方：图书馆，校园草坪，校园

人物：小羽

在图书馆里（镜头从远到近）小羽摸着书架，查找关于普通话朗读类的书籍，（镜头从书籍透过）小羽挑选着图书，最后拿出了有关于语言问题的书，然后找了个课桌坐在那里全神贯注地看书。（近景）从白天看到晚上，废寝忘食（快镜头）。在学校的每个角落，小羽都会随身带上口语课本以及关于普通话的书本，在学校的草坪上翻阅着课本（中景），走路也在看普通话的书（镜头慢慢移动，近景拍摄朗读的画面，中景拍摄迎面走来在路上边看着课本边开口朗读，嘴的朗读不停用特写）。马上就要演讲比赛了，小羽不停地朗读，反复地练习（镜头模拟要比赛时的那种情景和走在路上自然地演讲）。

第十二场

内景：日景

地方：学校阳台

人物：小羽，琪琪

小羽：（小羽在窗口不停地练着普通话的绕口令）（中景）八百标兵奔北坡，炮兵并排北边跑。炮兵怕把标兵碰，标兵怕碰炮兵炮。

小羽和琪琪一起，琪琪在一旁指导她的发音和表演。

小羽：尊敬的各位老师，亲爱的同学们，大家晚上好！（小羽回头看琪琪）

琪琪：应该更有气势些，（琪琪给小羽挺了一下背）这边再使点劲，声音再大一些。

小羽：（再来一遍，声音变大）尊敬的各位老师，亲爱的同学们，大家晚上好！

琪琪：恩，这次不错！

小羽：今天我演讲的题目是《寻找明天的黎明》……

第十三场

内景：日景

地方：学校大报告厅

人物：小羽，评委老师

小羽手里紧握着话筒，紧张地走上了演讲的舞台，深深地呼吸了一口气，抬头看着自己眼前的聚光灯打着，开始演讲并且表现得非常自然、自信。

小羽：尊敬的老师，亲爱的同学们，大家好！（深鞠躬）我是小羽……（接近尾声）同学们，这个案例难道不让我们痛彻心扉吗？这些流淌在我们身边的血与泪的事例，难道不足以让我们引以为戒吗？就让法律的脉搏在我们手腕跳动！让法律的血液在我们心中沸腾，让我们乘着八荣八耻的航船在人生广阔之海上航行（情绪越来越激动、高昂，最后双手张开，镜头从近到中再到远，小羽优越的表现，获得了评委热烈的掌声。最后在以小羽获得成功后自信的一跳，影片结束）。

创作手记

创作动机

青春就像一朵娇艳的花儿，人们惊羡于它美丽绽放的同时，何曾思考过那段曾经属于它的奋斗史呢？

每个处于青春期的孩子，在成长中，都会遇到不同的困难与挫折，但他们却都怀揣着对未来的希望来到学校。小羽就是这样一个学生，她来自宁海的一个隔壁县——天台县。一直在乡村长大的她，普通话发音非常不标准。因为带有乡村的口音，经常会把同学们逗笑，她为此感到很自卑，不敢和同学交流。细心的班主任发现了她的变化，经常鼓励她、表扬她，慢慢地她找回了自信。

因为小羽读的是幼师专业，普通话对于这个专业来说，非常重要，所以她下定决心，一定要把普通话练好。从此校园里经常会看到一个拿着书、练习普通话的身影。终于，功夫不负有心人，她的普通话越来越好。在学校组织的演讲比赛中，获得了一等奖，在之后的全国文明风采比赛演讲类比赛中，获得了全国二等奖的好成绩。她把自己的故事，写成了文章，发表在了校报上，感动了很多同学。在同事的推荐下，老师看到了她的文章，就产生了把她的故事拍成微电影的想法，并让她担任编剧和主演。微电影在校园内播出后，一度成为校园内谈论的热点。她的故事同时也教会了同学们：遇到困难挫折，不能放弃，要敢于面对，青春需要奋斗，无奋斗，不青春！

主题提炼

微电影以学生小羽努力学好普通话的故事作为创作主线。通过她的故事，展现了同学们青春期遇到挫折时如何去应对的场景。刚到学校的她，因为普通话不标准陷入过深深的自卑，也影响了正常的学习生活。但是，经过一段时间的适应，并在老师和同学的帮助下，她慢慢地找回了自信。影片的后半段都是她努力奋斗的身影，比如在图书馆看书看到天黑，在路上边走边读普通话，一个人在走廊上读绕口令等等，这些努力的画面，带给同学们满满的正能量。希望这个影片，能够激起大家的斗志，不要因为害怕被嘲笑而停滞不前，更不要浪费青春。

演职人员独白

小羽　何薇薇饰

班主任　陈如光（宁海县第一职业中学学前教育专业一9班班主任）饰

口语老师　胡红艳（宁海县第一职业中学学前教育专业组组长）饰

评委老师　文林华（宁海县第一职业中学影视专业专业老师）饰

导演　陈昱衡

摄影　屠城云

窗

宁波市职业技术教育中心学校

影片导读

上帝的一个“瞌睡”夺去了少年的一双腿，更为残酷的是父亲卷款而逃，只留下无腿少年蔡晓飞和母亲相依为命。他们在绝望中接到了宁波市职业技术教育中心学校的入学通知书，然而所有好运不会在一瞬间全部降临。期间，晓飞被同学取笑、参加比赛受挫，一次次在绝望的边缘徘徊，幸好有老师、同学还有妈妈的鼓励和支持，在校的各个机遇开启蔡晓飞的一扇扇窗。

剧本精要

第一场

内景：傍晚

地点：小房间

人物：玩滑轮的同学，蔡晓飞

镜头从天空摇至地面，几个学生模样的孩子在广场上欢乐地溜着冰，然后镜头往后拉，通过一个锈迹斑斑的窗口拉直坐在轮椅上的晓飞的背面。晓飞仿佛被囚禁在这间狭小黑暗的房间中，与屋外的一张张笑颜形成鲜明的对比。

独白：我叫蔡晓飞，那一年的车祸就是一场噩梦，压断了我的腿，也压碎了我的梦。

第二场

内景：夜晚

地点：马路

人物：蔡晓飞

回忆：出事的那天晚上下着小雨，撑着雨伞、戴着耳机听音乐的晓飞走过人行横道的时候，一辆汽车飞驰而来，刺耳的喇叭声、绝望的惨叫后，只见晓飞被撞倒在马路中央。

第三场

内景：夜晚

地点：门前

人物：蔡晓飞

一扇门被关上了，晓飞置身于一片漆黑中。

独白：人们都说，上帝给你关上一扇门的同时，还会为你打开一扇窗，可是，我的窗在哪？

出现微电影标题。

第四场

内景：白天

地点：校门口

人物：值周班级，值周老师，蔡晓飞，蔡晓飞妈妈

伴着小鸟清脆的叫声，晓飞怀着期待和忐忑的心情被妈妈推着进了宁波市职业技术教育中心学校校门。

独白：这是我走进这所学校的第一天，我满怀希望，这是上帝为我开启的窗吗？

第五场

内景：白天

地点：校长室内

人物：校长，教务处主任，班主任，蔡晓飞，蔡晓飞妈妈

妈妈和晓飞局促地坐在校长室内

校长：我给你们介绍一下，这是沈元班主任。（晓飞妈妈站起来看向班主任）

班主任：晓飞妈妈好，欢迎晓飞到我们班。（继而握手）

校长：晓飞妈妈，我们学校还给你们准备了一间房子，以后你可以住在学校里，另外呢，还给你找了份学校里的工作，这样也方便你们生活。

妈妈：太谢谢校长了，太谢谢校长了。（充满感激地弯腰致谢）

班主任:领导都非常关心的,晓飞妈妈。

教务处主任:晓飞妈妈,那,晓飞爸爸呢?

妈妈:晓飞爸爸……孩子发生车祸以后,他就带着大笔的赔偿金跑了。(紧握晓飞的手哭泣)

在场的人听了都很难过。校长安慰地拍了拍晓飞妈妈的肩膀。

校长:别难过了,别难过了!

教务处主任和班主任:会慢慢好起来的,都会好的……

第六场

内景:白天

地点:走廊—教室

人物:班主任,蔡晓飞,全班同学

班主任老师慢慢地推着晓飞沿着走廊来到了教室,晓飞坐在轮椅上不敢抬起头来,同学们看着坐在轮椅上的新同学窃窃私语着,然后同学们在班主任的带领下热烈地鼓掌表示欢迎,晓飞也慢慢打开了心门。

独白:我怀着忐忑不安的心被班主任带到了教室,但同学们热烈的掌声,给了我极大的勇气。

第七场

内景:白天

地点:楼梯

人物:蔡晓飞,两个爱心小分队的男生,围观的同学

两个爱心小分队的男生吃力地抬着坐在轮椅上的晓飞,脸上时不时露出了埋怨的表情。轮椅随着两个男生的脚步一步一步往上,极其缓慢。

独白:爱心小分队?本以为那是上帝给我打开的一扇窗,可结果……

走上了一层楼后,一个男生突然猛推了晓飞一把,晓飞从轮椅上跌落倒地。

推人的男生:累死了,你怎么这么重啊!

另一个男生:(愤怒地指着推人的男生)你什么意思!

无腿的晓飞摔在了地上,被路过的同学一层层的围起来。

围观的同学:这人怎么没腿啊……就是说啊……

越来越多的人聚拢,晓飞悲愤地想要尝试坐起来。

围观的同学:扶啊,扶啊,你扶不扶?

围观的同学:他把我的手挡掉了,抬起来抬起来。

所有人都在议论着,有好心同学伸手去扶他的时候

蔡晓飞:(抗拒地喊道)不要管我,不要管我!

晓飞不断地挣扎着想要靠自己起来,手好不容易抓到了轮椅,但还是失败了,他放弃了挣扎,绝望地趴在了地上。最后,那个推他的男生感到了深深的歉疚。

推人的男生:(摸了摸头说)晓飞,对不起。

于是,他和几个同学一起把晓飞扶上了轮椅。

第八场

内景:白天

地点:寝室

人物:妈妈,蔡晓飞,爱心小分队两个男生

在学校安排给晓飞的寝室内,之前抬轮椅的两个男生脸上挂着温暖的笑容帮忙打扫卫生。简陋的寝室在妈妈和同学的打理下变得整洁而温暖。

第九场

内景:白天

地点:图书馆,教室,校园

人物:蔡晓飞同学,蔡晓飞

晓飞和同学们关系相处越来越融洽,他们一起看书、一起吃饭、一起上学、一起放学。

第十场

内景:白天

地点:餐厅

人物:妈妈

宽敞明亮的教室餐厅,妈妈在拖地、擦桌子,显得十分有干劲。

第十一场

内景:白天

地点:影视后期集训室

人物:班主任,蔡晓飞,曾珍老师

班主任想将晓飞引荐到影视后期集训队中,让晓飞有一技之长,为今后工作早作

准备。

班主任：曾老师，这就是我和你说的我们班的蔡晓飞同学。

曾珍老师：晓飞你好。

独白：在班主任的帮助下，我进入了影视后期集训队，我一定会努力拼搏，不能辜负这来之不易的机会。

第十二场

内景：白天

地点：影视后期集训室

人物：蔡晓飞，曾珍老师，集训队同学

镜头从一叠厚厚的专业书中向上摇，慢慢出现晓飞专注的脸，他在电脑前熟练地操作着软件。

独白：如果这次比赛能拿一等奖，我就能去参加国赛，我以后的工作也就不愁了，为了这个目标，我一定会拼尽全力。

集训室内，晓飞和集训队的同学一起听课，相互讨论，晓飞慢慢变得开朗健谈了起来。

时间飞快，马上就要进行市赛了。晓飞为了心中的目标，比其他同学都要努力。

曾珍老师：不错啊，现在进步得很快啊，晓飞。

晓飞听了害羞地笑了起来，心中更是下定决心，不能辜负老师的期望。

第十三场

内景：夜晚

地点：寝室

人物：蔡晓飞，妈妈

寝室内，晓飞还在电脑前练习。妈妈走过来，手搭在晓飞的肩上，有些担心晓飞的身体。

妈妈：今天早点休息吧，你已经熬了好几个晚上了。

晓飞听了，摸了摸头。

蔡晓飞：没事，妈，我再练会，你先去睡吧。

妈妈：那你就再练一遍啊。

蔡晓飞：哦，好。

第十四场

内景：白天

地点：比赛现场

人物：监考老师，参加比赛的其他同学，蔡晓飞

计算机房内，比赛现场，选手们坐在电脑前。

监考老师：我们今天进行影视后期的比赛……

监考老师走到晓飞的旁边，晓飞觉得坐立不安，非常紧张（鼠标点动的声音很大）。

独白：第一次参加比赛的我，还是失去了状态！

第十五场

内景：白天

地点：操场

人物：蔡晓飞

操场上，晓飞一个人坐在操场的中间，手里捏着一张皱皱的奖状，一手用力抓着轮椅，呐喊着宣泄出了对自己没能进国赛的崩溃。

回忆：

（1）雨很大，同学和老师一起抬着晓飞的轮椅上阶梯，老师同学们因为没撑伞淋湿了全身。

（2）寝室内，妈妈坐在床上，拿出了一台笔记本电脑。

妈妈：这几个月攒下来的工资，给你买了台笔记本电脑，来，你看一下。

（3）刚开学时校长拍着妈妈的肩膀。

校长：别难过了别难过了……

（4）爱心小分队所有人手放一起。

爱心小分队同学：我们今后一起，团结一心……

（5）班主任：（握着晓飞的手，鼓励他）相信自己！

（6）教务主任和班主任赛前请他吃饭，为他加油。

教务处主任：不要有包袱。

所有的话语都环绕在耳边。晓飞坐在操场上，痛苦地捂着脸。

独白：生活，该怎么继续？

升镜头呈现出天空全景，晓飞一个人在操场上，显得十分渺小。

第十六场

内景:白天

地点:寝室

人物:蔡晓飞妈妈,蔡晓飞

寝室内,奖状被揉成一团,被晓飞丢在了地上,他一个人眼神空洞地躺在床上。看到妈妈走进来,晓飞立马把头埋到被子里,翻身背对着妈妈。妈妈看见躺在床上的晓飞担心地走向床边。

妈妈:晓飞,你怎么了?

妈妈坐到晓飞的床边,想把晓飞盖着头的被子掀开。

妈妈:晓飞,怎么了?不舒服吗?

晓飞推开妈妈的手。

蔡晓飞:你别管我!

妈妈看到了地上的奖状,捡起来,用手展开,上面写着:二等奖。

妈妈:二等奖很好啊,晓飞!

晓飞:好什么好,国赛都参加不了,什么希望都没了!(说着,挣扎着推开妈妈)

妈妈再次尝试掀开晓飞的被子。

妈妈:怎么会呢,晓飞!

晓飞:我就是个废人,当初为什么要救我,还不如让我死了算了。

晓飞一直背朝着妈妈,脸上露出绝望的表情,听到这句话,妈妈伤心地哭了。

蔡晓飞:你走!走!

晓飞一把推开妈妈。妈妈捂着脸走出了寝室,刚关上门,就支撑不住了,慢慢靠着墙滑坐在地上哭泣。脑海里浮现着晓飞的那几句话:还不如让我死了算了,你走,你走!寝室内躺在床上的晓飞也流下了眼泪。

第十七场

内景:白天

地点:寝室

人物:爱心小分队成员,蔡晓飞

晓飞因为竞赛没有达到自己的目标,在寝室颓废了好几天,不愿意去上课。妈妈看在眼里急在心中。同学们也在筹划着如何让晓飞返回课堂。

一天,两个同学来敲晓飞的门。

同学1:晓飞,是我们,是我们,快开门。

晓飞听了,更用力地捂住了被子。他们拿出晓飞妈妈给他们的钥匙,打开了门。

同学2:晓飞,快起床了,你这几天都没去上课,起来起来!

蔡晓飞:不要拉我!

两边经过一些挣扎,晓飞还是被同学背了起来。一位同学背着晓飞,一位推着轮椅跑向教室。

第十八场

内景:白天

地点:走廊

人物:同学,蔡晓飞

走廊上,一个同学偷偷地给晓飞戴上眼罩,晓飞被突如其来的黑暗惊到了。

蔡晓飞:你们到底要干什么?

同学:给你惊喜啊!

第十九场

内景:白天

地点:教室

人物:全班同学,校长,蔡晓飞

同学背着晓飞走进教室,教室内,同学们围成一圈,中间放着一个用蜡烛装饰的爱心。同学们鼓掌,唱着生日歌(蛋糕以及爱心中间的“加油”两个字给特写)。灯亮,校长拍着晓飞的肩膀鼓励他。

校长:晓飞啊,这次获得二等奖已经很不容易了,不要难受了,人生不能放弃,一放弃就没希望了,你要能克服困难,我们同学和老师们继续为你加油,好不好?

晓飞眼里泛泪,用坚定的眼神看着校长。

蔡晓飞:嗯,好!

所有人鼓掌,晓飞笑了。

蔡晓飞独白:我失去了很多,得到的却更多,我的身边有那么多关心我的人,我的前方又照进了一缕光线。

第二十场

内景:白天

地点：餐厅

人物：妈妈，蔡晓飞

妈妈在餐厅里拖地，拿起手机给晓飞发短信。

旁白：晓飞，今天你们班同学为你筹办了生日会，可是妈妈要工作来不了，祝你生日快乐，妈妈爱你！

晓飞拿起摆在桌子上的照片，照片上的妈妈还那么年轻漂亮，当时的自己还健康活泼。晓飞轻轻抚摸着照片，充满了愧疚。

第二十一场

内景：夜晚

地点：寝室

人物：蔡晓飞妈妈，蔡晓飞

晚上，妈妈在寝室里拖地，时不时抬起手擦汗。晓飞看着妈妈，知道妈妈工作了一天，回来还要照顾他，十分辛苦。

蔡晓飞：妈。

听见晓飞的呼唤，妈妈向晓飞走过来。

妈妈：怎么了？

晓飞拧了拧毛巾，给妈妈擦了擦汗，妈妈感动地看着晓飞。

妈妈：我自己来吧。

蔡晓飞：妈，这些年，你为了我，辛苦了！

晓飞心疼地看着妈妈，妈妈听了非常欣慰。

妈妈：没事的，儿子。

第二十二场

内景：白天

地点：计算机房内

人物：全班同学，蔡晓飞

计算机房内，晓飞和同学们在上课、交流。

第二十三场

内景：白天

地点：操场

人物:班级同学,蔡晓飞

操场上,晓飞坐在轮椅上和同学们玩着排球,大家都玩得很开心。

第二十四场

内景:白天

地点:学校过道

人物:班级同学,蔡晓飞

学校过道上,晓飞一边拿着单反拍照片,一边和身旁的同学讨论着。

第二十五场

内景:白天

地点:演播厅

人物:班级同学,蔡晓飞

演播厅内,晓飞和同学们一起拍微电影,晓飞作为导演,指挥着同学们现场拍摄。

第二十六场

内景:白天

地点:寝室

人物:妈妈,蔡晓飞

寝室内,晓飞坐在轮椅上看着妈妈在贴奖状,奖状一张张贴满了一面墙,妈妈贴完开心地走过来和晓飞击掌而笑。

三年后,晓飞顺利毕业了。毕业证书上,有着晓飞灿烂的笑容!

第二十七场

内景:白天

地点:宁波某文化传媒有限公司

人物:蔡晓飞,秘书

宁波某文化传媒有限公司办公室内,穿着西装的晓飞趴在桌子上睡着了。

秘书端着咖啡走进来,放在桌子上,晓飞摸了摸疲惫的脸醒了。秘书把文案给晓飞看,封面的第一页是:中国中央电视台 CCTV 节目拍摄安排。秘书把窗帘拉开,一缕缕阳光照进来,晓飞推着轮椅望向窗外,享受着阳光,充满斗志。

结尾:这由真实的故事改编而成,报纸上记载了晓飞的奋斗史,以及当时跟踪晓飞报道的记者的话语。

创作手记

创作动机

蔡晓飞是一位高位截肢者，在五年级放学途中遭遇车祸，失去了双腿，雪上加霜的是父亲卷走了所有赔偿金消失了。蔡晓飞到学校后，学习成绩在班级中一直数一数二，且获得了非常多的荣誉，毕业后凭着优异的后期技术在一家影视公司工作，2015 年自己开始创业，当上了一家影视工作室的老板。

由真实故事改编的电影往往能更加生动地触及我们的心灵，给我们更深的共鸣与感慨。将这个故事拍成微电影，让学生看到自己身边同学的事迹，为他们树立榜样，学会执着梦想、珍惜拥有。

主题提炼

微电影起名为“窗”，隐喻着主人公不同的心境。影片开始的锈迹斑斑的铁窗暗示了晓飞当时的封闭而痛苦的心理；发生车祸时，轰然关上的门里一片黑暗暗示着晓飞的绝望；影片最后，晓飞拉开窗帘，从大大的窗口透出温暖的阳光暗示着晓飞终于打开了心窗，迎来了人生新的起点。希望观众懂得：不管生活以怎样的面目出现，我们都应该珍惜现在，懂得感恩，快乐地生活，保持一颗乐观的心。

演职人员独白

蔡晓飞　王银宝饰

蔡晓飞妈妈　周幼娜(宁波市职教中心学校英语老师)饰

班主任　沈元(宁波市职教中心学校计算机老师)饰

曾珍老师　曾珍(宁波市职教中心学校计算机老师)饰

校长　张国方(宁波市职教中心学校校长)饰

教务处主任　徐瑛(宁波市职教中心学校副校长)饰

导演　金镭

摄影　吕兆赞　闻豪笛

剪辑　金镭

编剧　留佳奇

指导老师　曾珍　沈元　陆凌霄

没有尾巴的夏天

浙江省江山中学

影片导读

故事从一个男生的梦中开始，讲述了他因为初高中成绩的巨大落差、同学关系的紧张，家长、老师的压力带给他烦恼。有着坚定梦想和一定摄影水准的他，是开始赚钱？还是放下爱好完成学业？

剧本精要

第一场

内景：白天

地点：校园树荫下（梦中）

人物：男主角，女模特，班主任

某个树荫下，阳光透过了树叶落下斑驳的光影。

男主角拿着相机在学校里给模特拍写真，时而看看液晶屏，时而比照调整参数。

突然液晶屏里映出了班主任的模样。

班主任：你看看考了什么鬼？这几分的物理你是怎么考的？年级里你都垫底了！你每天都在干些什么！体育生都考得比你好。你是不是废物！你还要不要读书，还想不想毕业？

第二场

内景：白天

地点：寝室内

人物：男主角

寝室里除了男主角空无一人，床铺整理得整整齐齐。

男主角在睡梦中突然惊醒，拿手机看时间。

男主角：八点十分了！

他迅速一把拉开被子，整理好着装。

急急忙忙地，没来得及穿上外套就往外奔去。

手机从某个地方掉在了摆满他摄影比赛获奖的奖状和奖杯的柜子隔板上，手机上显示的是爸爸的电话。

男主角啪一下关上门，并没有接到爸爸打来的电话。

第三场

内景：白天

地点：家中

人物：爸爸，妈妈

简约不失温馨的家被妈妈打扫得整整齐齐。

爸爸：（坐在沙发上，放下没有接通的电话，对在做家务的妻子说）看来这小子这个星期又不回来了。

妈妈：（停下手中的活）那你去买一箱牛奶，我下午给他送去。

爸爸：嗯，那我出去拉车了。

第四场

内景：白天

地点：室外马路

来往的车辆络绎不绝，在北关桥下，阳光穿过了梧桐树叶。（出片名：没有尾巴的夏天）

第五场

内景：白天

地点：物理办公室

人物：物理老师，男主角

在物理老师的办公室内，男主角被老师叫到办公室谈话。（和其他办公室场景不同，男主角站在老师旁边）

老师：你行啊，你！我的课都敢旷，你看看你这次物理测验考成什么样了？一天到晚都在忙些没名堂的东西。

男主角背后两只手用力地抓在一起。

老师:读书嘛不读,就知道拍照片,什么样的时间到底该做什么样的事情你想过没有?现在外面竞争是很残酷的,你知不知道?分数决定你的命运!你只能拿分数说话!分数!

老师继续不停地说,男主角离开。

老师:你……真是太不像话了!(老师望着学生的背影,生气、无奈地摇头)

第六场

内景:白天

地点:江山中学宿舍楼走廊

人物:男主角

空荡荡的走廊上,男主角独自一人,孤独地上楼、走过走廊,接着打开门,然后门啪地一下关上(黑场)。

第七场

内景:白天

地点:教室内

人物:男主角,老师,班级同学

教室里,同学们的课桌上摆满了书,黑板上写满了字。某老师在黑板上不停地写着,不停地讲着。其他人都听得很认真,只有男主角两眼无神,直直地看着黑板一动不动。然后又痴痴地看看自己的作业本。男主左一下右一下趴着发呆。草稿纸上写着:我该如何存在?

第八场

内景:白天

地点:教室内

人物:男主角,影视公司经理

空荡荡的教室,窗帘被风吹起又落下。

下课后,男主角突然精神起来,孤伶伶地在教室里拿出相机放在课桌上擦拭。

男主角的手机铃声响起。

男主角张望,见四下无人,就停下手中的活接起了电话。

男主角:喂,你好。

影视公司经理:欸,王抗啊,我是××影像张叔啊,最近咋样啊。听说你新买了个GoPro啊!

男主角:噢,张叔啊,是的,省了好久生活费呐!

影视公司经理:呵呵,叔这里有个活,让你买器材不用省生活费,怎么样,接不接?

男主角:嗯,这个我要考虑下,回家和妈妈商量下。

影视公司经理:好的,你的技术我们都很肯定的,我们很需要你这样的人才呢,有空就来呗。

男主角:那谢谢张叔了,过两天我去你公司里一趟,借个监视器和斯坦尼康,学校里拍个片子用。

影视公司经理:没问题,来拿就是了。我手头还有点事儿,有事电话咱联系呗。

男主角:嗯,好的,拜拜。

男主角挂了电话,一个人趴在窗台上,凝望着。

第九场

场:9-1

内景:白天

地点:江山中学教学楼

广播里正在广播教育。

政教处老师:(广播)同学们好,这里是政教处。最近政教处发现极个别男女同学交往过于密切。我说你们急什么啊,我长得这么丑,都找到老婆了,你们怕什么啊!本次广播教育到此结束,希望同学们有则改之无则加勉,谢谢!

场:9-2

内景:白天

地点:教学楼楼梯

人物:班主任、物理老师

贴了励志标语的楼道。

班主任和物理老师在楼梯上,听到广播后。

班主任:唉,主任又在讲这些东西了。(无奈笑笑)

场:9-3

内景:白天

地点:教室内

人物：班主任，班级同学，同桌，后桌，同学甲

教室内，课桌上摆满了书。夏日的风吹起了窗帘，又落下。电风扇卖力地吹着，教室里，大家都在自习。而男主角翘了自习课去拍照片。班主任一脸谨慎地趴在门口的窗上看班里。班主任发现男主角位置空着，脸顿时拉了下来，这一幕恰好被男主角同桌看见。男主角同桌急忙转过头，问后桌。

同桌：(转过头紧张地拍拍桌子)欸，欸，这货(指指同桌)出去拍照片没回来，班主任在门口啊！

后桌：天，那这回完了。

同桌：那就说他去物理办公室问题目好了？

同学甲：嗯嗯，就这样说好了，等下我们帮你一起说……

班主任走过来，男主角同桌马上转头假装写作业。

班主任：(指了指空的位置问男主角同桌)这个人呢？

同桌：(无辜地一抬头，有些支吾)他，上节课去物理办公室问题目没回来。

后桌：他物理才考了30分，说是要去找物理老师问错题。

班主任眉头紧皱，点点头黑着脸走出了教室。

第十场

内景：白天

地点：班主任办公室内

人物：班主任，政教处老师，男主角

(老师办公室里，办公桌的电脑旁摆着植物，边上是一堆书本，和其他办公室场景不同)

从办公室门口的走廊传来班主任的声音。

班主任：王抗，你最近真的是太不像话了。上课迟到，还顶撞老师？还有没有一点学生的样子了?！今天下午自习课你去干嘛了？旷课是要记过的，你知道不知道！一天到晚就捧着个相机，这书还要不要读了？没几天就要考试了，你还去拍照片。摄影、摄影，你摄个什么啊！什么梦想不梦想的，爱好不爱好，高中就是拿来读书的。

男主角感到不爽，却沉默以对。

班主任：高考全省三十万人，学考二十几万人，你拿什么去跟人家比？

空荡的走廊(也许可以有晚霞)。

窗外，政教处老师正好经过。在窗外听着，眉头紧皱。

第十一场

内景：白天/夜晚

地点：政教处老师办公室内

人物：政教处主任，男主角

政教处老师找男主角谈心，男主角坐在办公桌旁，政教处老师走过来给男主角端了杯水。

政教处老师：又惹你班主任生气了？

男主角低头沉默。

政教处老师：下午自习课去哪儿了？

男主角还是低头不语。

政教处老师：我刚才看到你上个星期空间上发的照片，拍得不错嘛，这星期拍得怎么样啊？

男主角：（撇撇嘴、弱弱地）还好……

政教处老师：好几个老师说，你最近上课不太认真，作业也不认真完成。前段时间我看你都蛮努力的，老师都刚跟我表扬你。（停顿、抬头）怎么，才刚开始努力了一两个月，就想放弃了啊？

男主角：（抿着嘴巴皱皱眉头，小声说）我就是觉得我好像无论怎么用心读书也没什么效果。

政教处老师：你知道造成你现在这样情况的原因吗？是不能调整好自己的心态。你初中很优秀，中考也考得很不错，但是你要是一直放不下初中的光环，你的高中会很艰难，进步自然会很慢。（切男主角的表情）从小到大，你一直都很优异，很在意别人的看法，没有受过什么挫折。但是，突如其来的巨大成绩落差让你不断地否定自己。（停顿）其实父母和老师都没有，因为成绩对你失望，因为你每一分的努力大家都看在眼里。

男主角：（开始流泪，用手擦眼泪）我觉得父母对我太好了，但是我成绩差，总是觉得对不起他们。

政教处老师：你不能因为一点小挫折就自暴自弃，你其实是对不起你自己。要记住，你永远不是一个人在高考，高考不是你一个人的事情。你要是继续这样自暴自弃下去，父母和老师真的会对你很失望的。

男主角：（时不时用手擦眼角不断涌出的泪水）我觉得许多人因为种种原因，就放弃了自己的爱好和梦想，我不想这样。

政教处老师:(递给男主角纸巾)是的,年轻的时候,有自己的爱好是一件很好的事情。但是你要是真的喜欢摄影,就应该争取考上更好的学府,在那里提高你的技术,拓宽你的视界,更好地做你喜欢的事情。(停顿)学习、摄影两者都合理安排好时间,爸爸妈妈和老师也不会不让你去做你喜欢的事情。你说是吗?

男主角:我心里很烦恼,我很想不通,我要怎样存在在这个世界上,我现在应该怎么做才是对的,怎样做才对我的将来有用。每天都在想,所以心里很迷茫,就失去了动力。

政教处老师:其实想得太多,不如简单去做。不知道自己该往哪里走,就走你现在能走的路。而你现在能做的,就是坚持,坚持去做最好的自己。不要让大家对你失望!

男主角流下了更多的眼泪,开始啜泣。

政教处老师:现在跟寝室同学的关系怎么样?我看他们几个对你都挺不错的啊,你也别老是弄得人家欠你钱一样啊。

男主角:(由啜泣变成了大哭)嗯,我知道,但是有些时候我就是会想太多,想得很复杂。

政教处老师:(再抽了两张纸给男主角)要慢慢调整好。我刚才好像看到你妈妈给你带了东西放在门卫处,你快去拿一下吧,以后自习课可不能再逃课了!看你是初犯,就不处分你了。

第十二场

内景:夜晚

地点:寝室内

人物:男主角,寝室同学,同桌,后桌

寝室里,每张床的床铺摆放很整齐。床下摆着鞋子,床边挂着衣服。(细节)

其他同学有的在看书,有的在背书,有的在聊天。

男主角回到寝室,在柜子旁整理妈妈精心准备的东西。拿了一些分给室友。

男主角:(伸出手给了两瓶牛奶)欸,今天多亏你们了啊!

无意间,一张纸条从牛奶中掉了出来。

后桌:(看了一眼男主角)咳,没什么的啦,就要期末考试了,你别这么浪了!

同桌:再浪你就惨了啊!

男主角友善地笑笑,打开纸条,脸色凝重起来。

“儿子,妈妈对你学习成绩要求不高,只要你努力了,尽力了就行,在学校里要照

顾好自己，身体健健康康的就好。”

男主角看着妈妈写的字条，又想起了老师说的话，眼睛红红的，流下了眼泪。

第十三场

场：13-1

内景：夜晚

地点：寝室内

人物：男主角，寝室同学

夜晚，寝室一片黑暗，阳台上的灯光洒进熄了灯的寝室，大家都已进入了梦乡，唯独男主角没有睡着，手机的灯光断断续续地映在他脸上。他拿起手机，呆呆地望着，手机微弱的光照在他的脸上，可以发现脸上有两道泪痕，此时他脑海中不停地涌现着一个个画面。

场：13-2

内景：白天

地点：教室内

人物：男主角、班级同学

自己在课上玩手机，发呆，睡觉的画面。

场：13-3

内景：白天

地点：物理老师办公室

人物：物理老师

（物理老师失望的表情）

场：13-4

内景：白天（炎热的夏日）

地点：某条街道

人物：爸爸

烈日炎炎，空旷的大街上，爸爸辛苦地踩三轮，不时拿起挂在脖子上的毛巾擦把汗，抬头微笑。

场：13-5

内景：白天

地点：家中

人物：妈妈

妈妈在家里小心地把水果洗净再装进袋子里，抬头微笑。

场：13-6

内景：夜晚

地点：寝室

人物：男主角，寝室同学

男孩手中拿着妈妈的纸条。

场：13-7

内景：夜晚

地点：寝室

人物：男主角，寝室同学

夜晚，寝室一片黑暗。阳台上的灯光洒进寝室，男孩把头埋在膝盖里哭着。

第十四场

内景：夜晚

地点：寝室内

人物：男主角，寝室同学

夜晚，寝室一片黑暗。阳台上的灯光洒进熟睡的寝室。男主角起身，打开台灯，拿出日记本。

日记内容：

×年×月×日。天气×。

今天，班主任和政教处老师都跟我讲了很多，我自己也思考了很多。谁的青春没有一些迷茫呢？但是我不能把这些迷惘作为堕落和懒惰的理由。我好像一直都在逃避学习，不断地用所谓的专业知识去麻痹自己。或许我真的是需要多花一点时间在学习上了。有很多人在我后面看着，我可以对不起自己，但我不能对不起他们。我们，最后都会成为我们不得不成为的人；而从现在开始，不为了任何人，我，只为了忠于自己、自己的摄影梦而活。我曾经得到过很多，如今站在这样一个新的起点，再苦再累我也只能坚持下去。Never Give Up!

第十五场

内景：夜晚

地点：班主任家中

人物：班主任

寝室的桌子上，摆放着比较生活化的物品，桌上一角的台灯洒下些许昏黄的灯光。

班主任坐在电脑旁聚精会神地看着电脑。电脑上是2015年浙江传媒学院的招生简章。

班主任边看，边在电脑前的纸上密密麻麻地写着：浙江传媒学院，影视摄影与制作专业，四个方向：照明艺术、电影制作、电视节目制作、电视摄像……

第十六场

场：16-1

内景：夜晚

地点：寝室

人物：男主角

夜晚，寝室一片黑暗。阳台上的灯光洒进熟睡的寝室。

男主角调了闹铃，特写手机画面。

手机内容：fighting　5∶30早读

场：16-2

内景：夜晚

地点：寝室

人物：男主角，政教处老师

夜晚，寝室一片黑暗。阳台上的灯光洒进熟睡的寝室。

政教处老师打着手电推门而入。

政教处老师：(严厉地)手机拿出来！

男主角来不及放掉手机，也来不及解释，只吃惊地望着。

第十七场

内景：白天

地点：寝室

人物：政教处老师，寝室同学

阳光洒进寝室，大家都在熟睡，有条被子已经掉在了地上。

政教处老师走进寝室。将调好5∶30的闹钟放在男主角的枕头边，上面贴着：孩子，加油！

闹钟下压着，2015年浙江传媒学院招生简章……

创作手记

创作动机

在高中，有这样一个群体：在初中成绩非常优秀，然而到了高中却失去了存在感，从而迷失了方向，成绩落差、生活不适应等原因让他们感受到了挫败，他们觉得自己愧对于家长、老师的期盼，遭受了比平常学生更大的心理压力。故事由属于这一类群体的一位的真人真事改编而成。因此，我们团队想借助微电影的形式把这类人的心路历程演绎出来，希望能激励他们不断进取，走出困境。

主题提炼

每个人在生活中或多或少都有一些迷惘。自己应该做什么？不应该做什么？这样做对于自己有什么作用？因为这些迷茫，自己开始失去定位，失去了努力的信心。通过影片的某些情节，可以引起人们的一些思考。

演职人员独白

男主角　王抗饰

政教处老师　方晔(学军中学地理教师)饰

班主任 周小琴(江山中学政治教师)饰

物理老师　余悦劬饰

化学老师　姜雨潇饰

模特　严佳示媛饰

同桌　徐铭凯饰

后桌　虞安欣饰

妈妈　周福英饰

爸爸　樊少林饰

导演　编剧　摄像　徐昕昱

副导演　姜纯

场务　杨京昊

后期　徐昕昱　姜纯

指导老师　姜雨潇

最初的梦想

义乌市城镇职业技术学校

影片导读

热爱音乐的顾佳与玩世不恭的南小北中考失利后在校园中偶遇。顾佳因没有如愿考上理想的高中而失望，对考试结果不以为然的南小北，得知了好友顾佳为此难过，鼓励顾佳继续努力，约定到职校后共同加油努力，为各自的理想目标奋斗。

时间转眼一年，努力追求音乐的顾佳和360度大转变的南小北又会发生什么样的故事呢？他们会如愿实现各自的理想吗？

剧本精要

第一场

内景：日景

地点：教室

拍摄教室挂在墙壁上的照片（南小北，顾佳）。

第二场

内景：日景

地点：花园

人物：南小北，顾佳

南小北骑自行车路过花园，发现顾佳坐在花园长椅上，南小北推着自行车，悄悄地走到顾佳背后拍了拍顾佳的肩膀。

南小北：你怎么在这，你怎么了？

南小北走到顾佳身旁。

顾佳手捧着试卷抽泣

南小北:我以为多大点事儿呢,有什么好难过的。

(南小北坐在顾佳身边)

顾佳:你不懂,南小北,你知道我爸走后,我妈一个人供我上学有多不容易么,每个周末我还去上钢琴课,我妈对我期望这么大,什么事都满足我,我现在考成这样,全都完了。

南小北:职校也可以完成你的音乐梦想啊。

南小北:这样吧,我们互相监督,再努力奋斗就是了。

第三场

内景:日景

地点:教室

人物:南小北,顾佳

墙壁上贴着南小北的奖状。

南小北在座位认真看书,顾佳从后门走进来拍了南小北的肩膀坐在了南小北身旁。

顾佳:南小北,又拿奖了,你行啊。

顾佳拍了一下南小北的头。

顾佳:你说当初再努力点不就可以考上普高了嘛。

南小北:好汉不提当年勇。

顾佳:哦,小北,我报名了十佳歌手的比赛。

南小北:就你?倒数第一还不错。

顾佳:不想和你讲话。

顾佳起身走回自己座位上。

第四场

内景:日景

地点:教室

人物:老师,南小北,顾佳,同学

自习课上老师站在讲台上。

老师:大家请按时完成作业。

顾佳偷偷瞄了一眼四周后,肆无忌惮地掏出手机玩。

南小北正好看见,皱了皱眉头。

第五场

内景:日景

地点:教室走廊

人物:南小北,顾佳,同学

南小北拿着本书走在走廊上,顾佳叫住了南小北,南小北停下来站在顾佳面前。

顾佳:南小北,我正好有事要和你说,这是十佳歌手比赛的门票。(顾佳把门票递给南小北,南小北接过门票后,顾佳继续低头玩手机)

南小北:我也正好有事要和你说,你说你最近怎么回事,连上课也玩着手机,你这样下去可不行啊。

顾佳:咳,没关系。

南小北:什么叫没关系! 你这几天还因为要参加比赛在停课训练,落了那么多的课,眼看就要期中考试了,你说怎么办?

顾佳抬头看南小北。

顾佳:没事的,顾好你自己吧,我已经掉了这么多课,我也没办法。

南小北:你说什么,你忘了一年前为什么而难过,忘了当初的约定么?

南小北摇了摇头走向教室,(背景音乐《蜗牛》起)南小北站在教室门口看了下手上的票,把票捏成一团,顾佳站在原地。

第六场

内景:日景

地点:教室

人物:南小北,同学

南小北正在看书,学校电视屏幕上放映着十佳歌手比赛的报道,南小北抬头看报道,接着起身走到顾佳的座位上,拿起了座位上的MP3,带上了耳机,看到了顾佳留在座位上的便利贴"考试加油吧"。南小北走回座位,从书本中拿出那张皱巴巴的入场券。

第七场

内景:夜景

地点:演播厅

人物:主持人,顾佳,南小北,同学

各个选手在主持人的主持下轮流上场表演。

南小北走进演播厅,坐在了前排。该顾佳上场了,看到前排的好朋友南小北,顾佳笑得眯起了眼,然后又自信地看着南小北。小北开心地笑笑,为顾佳打气,顾佳便开始了她的表演。

(回放镜头:过去两人一起努力的画面)

全场同学因为顾佳的表演而欢呼,南小北高兴得从凳子上跳了起来。

主持人:(慢慢走上台)本次十佳歌手的冠军是顾佳同学。

第八场

内景:日景

地点:教室

人物:顾佳,南小北,同学

顾佳走进教室,发现自己桌子上有一个不知从哪儿来的盒子,四处张望了一会儿后打开盒子拿出里面的便利贴,原来里面是复习资料。她笑了,然后把东西放回盒子,拿起旁边贴着"祝贺你"字条的MP3。各个角度拍摄顾佳和南小北认真学习和互相帮助的画面。

第九场

内景:日景

地点:综合楼三楼楼梯

人物:顾佳,南小北,同学4名

同学1:小北打篮球去啊。

南小北:我今天有事下次再约吧。

同学2:那好吧,下星期约。

同学3:顾佳我们一起回家吧。

顾佳:我还有点事你们先走吧。

同学4:那好吧,再见。

顾佳和南小北相视而笑。

创作手记

创作动机

在如此一个浮躁的时代，一切都充满了变数。每个人都不愿意输在起跑线上，比如现在的中考、高考。大家已经习惯了一考定终身的人生，却忘记了“自己的命运掌握在自己的手中”这个道理，把失利的错归结在自己的一时失误，因而放弃了所有可能改变人生轨道的机会。

主题提炼

我们希望在影片中表达学生时代充满着无限可能，学生不应对自己的未来失去信心的信念。此外，微电影以同学间的友情为主线，体现了困境之中，朋友的支持与鼓励的重要性。

演职人员独白

南小北　麦合木提江·阿卜力米提饰
顾佳　余妍妍饰
导演　楼高强(义乌市城镇职业技术学校老师)
编剧　毛倩雯
摄像　应鑫辉
后期　应鑫辉

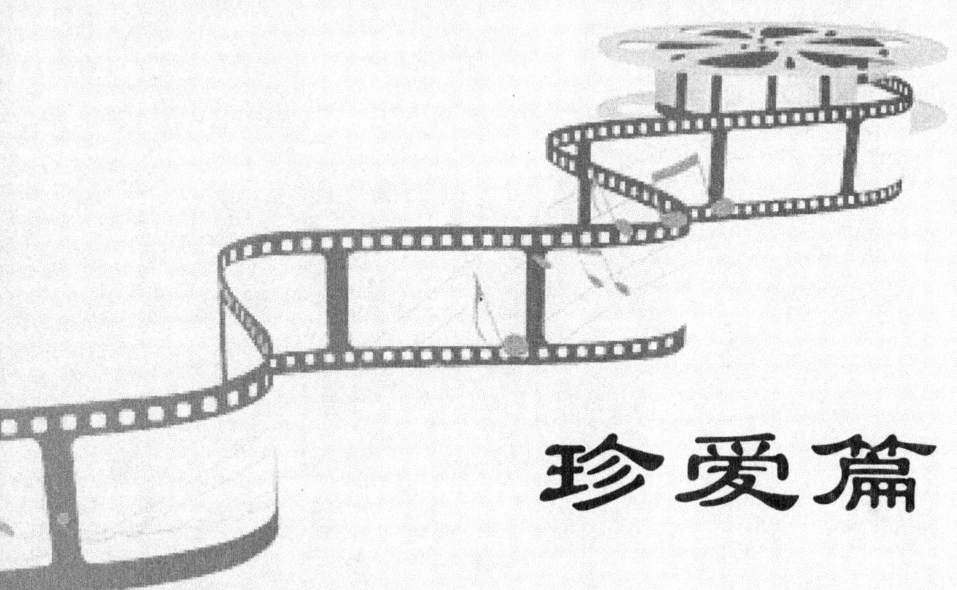

珍爱篇

塑造人物是影片的灵魂

浙江传媒学院　王翎子

什么样的电影才是好电影？电影看完，也许观众不能记住影片中的每一段故事，可是观众却记住了影片的主人公，他的形象——不是声音相貌，而是人物性格个性，深深印在了观众脑海中，这个影片就算是成功的。

所以，塑造鲜明的人物形象，是影片拍摄的灵魂。什么叫人物形象鲜明？比如我们提到《红楼梦》的人物，林黛玉——弱不禁风，王熙凤——独当一面，薛宝钗——落落大方。

从创作影片开始，就给你的人物形象设定好性格个性；选演员的时候，就要“以貌取人”，寻找符合你预想的人物形象气质的演员。在拍电影时，你就要通过影片中展现的一件件事情，把这些不同的人物个性呈现出来。在拍摄每段剧情时，导演如何和演员有效沟通，保证演好这个影片？就是要与他们共同想象，在这样的情境下，这样个性的人物，会想些什么，做些什么，然后淋漓尽致地把它表现出来，这样，影片就有了真情实感。

美国人喜欢拍科幻片，而中国人喜欢拍贴近现实生活的影片。像“珍爱篇”这种类型的影片要想打动别人最重要的是人物形象要尽量源于生活，高于生活一点点就可以了。不要为了塑造影片中人物的个性，而走向另一个极端——把他拍得太艺术、太伟大、太完美、太不食人间烟火了，这样无法打动观众。

让你影片中的主人公，也有我们每个普通人的小毛病、坏习惯，也会早上赖床被妈妈批评，也会上课思想开小差被老师点名……要让观众看起来觉得似曾相识，好像就是我们身边的某个人，或者好像就是我自己，但是又跟我有所不同……这样的影片人物才能打动观众。只有能引起共鸣的影片才能获得观众的喜爱。

不应该是秘密

瑞安市虹桥路小学

影片导读

贝贝的妈妈脚受伤了，贝贝在上学的同时还要照顾妈妈，看到妈妈受伤贝贝心情很低落。瑞瑞和苗苗发现贝贝的行为比较异常，却问不出所以然，就偷偷跟踪贝贝……当明白是怎么一回事后，两个小伙伴毫不犹豫地帮助贝贝一起照顾她妈妈。《不应该是秘密》故事情节虽然很简单，但是充满着浓浓的人情味且富有教育意义。

剧本精要

第一场

内景：早晨

地点：校门口

人物：苗苗，贝贝，瑞瑞，同学

一个阳光明媚的早晨，在瑞安市虹桥路小学门口，孩子们陆续走进校园上学……

苗苗和贝贝并肩走进学校大门，经过保安室时跟门卫大爷挥了挥手打了声招呼。

瑞瑞：（快步走进校园，并追上苗苗和贝贝）苗苗、贝贝早！

苗苗和贝贝：早啊！瑞瑞。

瑞瑞：今天我要给你们一个惊喜！

苗苗：什么惊喜啊？

瑞瑞：（神秘地）现在不告诉你，一会儿你们就知道了，嘻嘻。

他们有说有笑地往教室方向走去……

第二场

外景/内景：日景

地点：教室走廊

人物：同学，倪老师

上课的铃声响起来，同学们纷纷跑进教室……

倪老师用心地授课，底下的同学们在专心听讲……

第三场

内景：日景

地点：教室走廊

人物：苗苗，贝贝，瑞瑞

下课铃声响起，同学们跑出教室玩耍，瑞瑞偷偷从窗户外朝教室里看，“邪恶”地捂着嘴笑，然后走开。

苗苗和贝贝牵手从教室里走出来，突然从台阶后面跳出一只小老鼠，两个人吓得慌忙转身往回跑。

瑞瑞：(从旁边跳出来)哈哈，吓到了吧，这个惊喜怎么样？

贝贝：你好坏啊，我要告诉老师，你带危险动物到学校！

瑞瑞：别别别，这是玩具呢，你上次不是说不能伤害动物，还说老鼠也是一条小生命呢！

苗苗：哼，你还说死老鼠可以给植物当肥料呢，说什么教我们科普知识呢！

贝贝：我认为你那是科幻，哈哈……

瑞瑞：(害羞地)好啦好啦，我知道啦，告诉你们，我真的新买了几本科普漫画书，放学到我家一起看看？

苗苗：嗯！这个可以有，借我们看几天，算是补偿你刚才吓唬我们了。

三个孩子：(一起笑着)哈哈哈哈哈……

第四场

内景：日景

地点：教室

人物：苗苗，贝贝，瑞瑞

(几天后)

下课铃声响起，同学们离开教室去外面玩耍。

瑞瑞：（走到贝贝旁边）怎么样，我那几本科普漫画书不错吧？

苗苗：（走过来）我们出去玩吧。

贝贝：（摇头）我不去了，你们去吧。

苗苗和瑞瑞也没在意就走开了……

第五场

内景：日景

地点：教室走廊

人物：苗苗，贝贝，瑞瑞

又一天，下课后，贝贝一个人在走廊里发呆。

苗苗和瑞瑞：（走到贝贝旁边）贝贝，我们出去玩吧。

贝贝：（摇头）我不去了，你们去吧。

第六场

内景：日景

地点：教室

人物：苗苗，贝贝，瑞瑞

又一天，苗苗和瑞瑞走到贝贝课桌边。

苗苗：贝贝，我们出去玩吧？

贝贝：（摇头）我不去了，你们去吧！

苗苗和瑞瑞只好走开。

苗苗：贝贝这几天怎么啦？怎么不开心了啊？

瑞瑞：（转过身跑到贝贝旁边）贝贝，谁欺负你了啊？有我在，我帮你讨公道（说着，拍拍自己胸脯，显示出骄傲的神态）。

贝贝：没有，没有，你们去玩吧。

瑞瑞：（只好走回到苗苗身边，自言自语）到底发生什么事了呢？

苗苗：我有办法了。

于是苗苗贴着瑞瑞耳边小声说了几句话……

第七场

内景：日景

地点：家外楼梯

人物：苗苗，贝贝，瑞瑞

放学了，同学们纷纷走出校门。

贝贝回到自己家的小区，走上楼梯。苗苗和瑞瑞在后面偷偷地跟着她，小心翼翼地藏躲着以防被贝贝发现。

贝贝走进家门，关上门（门没锁好），苗苗轻轻推开一条门缝，两个孩子探头往里面看，渐渐表情变得很惊讶……

两人关上门，转身面对面默默点了点头，离开了……

第八场

内景：日景

地点：校门口

人物：苗苗，贝贝，瑞瑞

（第二天）

下课的时候，贝贝还是没有离开教室，在课桌上发呆，苗苗和瑞瑞相互眼神示意一下走开了。

放学的时候，三个孩子一起往学校大门走。

苗苗：贝贝，你爸爸是不是出差了啊？

贝贝：嗯！

瑞瑞：我们知道你妈妈的脚受伤了。

贝贝：（惊讶状）你们怎么知道的？

苗苗：别问我们怎么知道的，我们是好朋友、好同学，你有什么不开心的要跟我们说啊，我们也可以帮忙的嘛，我们之间没有秘密的哦。

瑞瑞：是啊，是啊，我们可以帮你干很多事的，我是男人，我会保护你们女生的嘛！

贝贝：没什么啦，我只是担心我妈妈，平时都是她照顾我，她不舒服的时候，我却不懂得照顾她。

苗苗：所以说你要跟我们说，我们一起照顾她嘛！

瑞瑞：就是，就是，我是个男人，我能做很多事的。

苗苗：行了，行了，瑞瑞，知道你很能干。

这时候他们走到学校大门外。

苗苗：（回头牵着贝贝的手）这样吧，贝贝，我们今天一起去你家，早点帮你妈妈换了药，我们可以一起写作业，怎么样？

贝贝:这样不好吧……

瑞瑞:没什么不好的,就这么愉快地决定啦!

苗苗拉起贝贝就走……

第九场

内景:傍晚

地点:贝贝家中

人物:贝贝,苗苗,瑞瑞,贝贝妈妈

三个孩子一起走进贝贝的家。

贝贝:妈妈,我回来了?

苗苗和瑞瑞:阿姨好!

贝贝妈妈:(一只腿包着纱布坐在床上,惊讶地)你们怎么来啦?(一边说一边挣扎着想下床)

贝贝:(慌忙地)妈妈,你别动啊。

苗苗:阿姨不用起来,我们来照顾您。

三个孩子开始忙活起来,贝贝去拿药膏,苗苗拿毛巾,瑞瑞则去厨房端热水……

(一连贯的动作:拆纱布、洗脚、擦干、上药、绑纱布……)

贝贝妈妈:(感动地)你们真是懂事的好孩子!

三个孩子站在一起愉快地笑着,贝贝的妈妈伸开双手,把三个孩子紧紧地抱在怀里,孩子们握紧三个小拳头碰到一起,形成了一个"心"型……

(字幕:团结互助,文明美德)

创作手记

创作动机

选择友情作为微电影题材的原因:一是,我发现孩子们在平时的相处过程中,经常发生小矛盾,会因一块橡皮擦、一支铅笔而吵架,甚至会因被同桌不小心踩到鞋子而大发雷霆,同学之间缺乏互助行为,更难懂得"赠人玫瑰,手有余香"的道理;二是,由于现在大部分孩子都是独生子女,在家长眼中个个都是"小皇帝"、"小公主",他们集万千宠爱于一身,这导致孩子的性格变得任性。反映孩子在家与长辈顶嘴、乱发脾气等行为比比皆是。于是,在创作团队的反复斟酌之下,《不应该是秘密》的剧本就诞

生了。

主题提炼

“帮助别人，快乐自己！孝顺父母，天经地义！”，《不应该是秘密》把一个高尚的人应有的品德通过一个平常的小故事形象地表达出来。真正成功的教育是“润物细无声”的，希望学生们在观看本影片时，能够懂得如何做一个文明的好少年！

演职人员独白

贝贝　戴锌艺饰
苗苗　张琰饰
瑞瑞　朱瑞立饰
贝贝妈妈　李冬梅饰
导演　韩高华
编剧　柳晓静
摄像　杨承枫
指导老师　王婉周　倪建群

摊上大事儿了

温州市鞋都第一小学

影片导读

男生和女生之间发生的小矛盾，永远是青葱校园里不变的话题。你瞧，郭子涵同学因受到男生的欺负，在学校的一棵大树下掩面哭泣，于是伊郑窈、邹亚芳等几位女生为给郭子涵出头，找张清州算账。张清州一下子就成了女生们的公敌。

那他是如何解决的呢？讨好？使用暴力？还是……

剧本精要

第一场

内景：日景

地点：学校大树下

（航拍切入镜头）郭子涵同学在学校的一棵大树下掩面哭泣，哭声打破了校园的宁静。

第二场

内景：日景

地点：学校阅读走廊

人物：伊郑窈，张清州，黄叶悠尔，邹亚芳

为了给郭子涵出头，伊郑窈、邹亚芳、黄叶悠尔三位女生怒气冲冲地抓住了正走在学校阅读走廊的张清州，打算找他算账。

伊郑窈：（很生气）张清州，你给我过来，欺负女生！

张清州:干嘛呀,吃火药了啊!

伊郑窈:你刚才是不是欺负郭子涵了?

张清州:(无辜)没有啊!

黄叶悠尔:还说你没有,郭子涵都哭了!

张清州:这真不关我事。

邹亚芳:你还好意思说,肯定是你欺负她,她才会哭的。

张清州:哼,她本来就是个爱哭鬼,少赖我头上。

伊郑窈:那你说,你惹她了吗?

张清州:少拉拉扯扯,矜持懂吗?

伊郑窈:(鄙视)我不懂矜持,你就懂什么叫风度啊?一个大男生欺负一个小女生。

女生合:羞羞羞!

张清州:你,你们!天地良心啊!我这豆芽似的小身板,风吹都会倒。好,就算我推她,她会摔倒?我手没骨折,我都要谢天谢地了哪!

邹亚芳:(严肃地)张清州!男子汉,大丈夫!敢做敢认,少耍嘴皮子!说实话,你有没有欺负郭子涵?

张清州:这个嘛?是有少许肢体接触,算不上欺负吧!

黄叶悠尔:张清州,你这是什么态度?

伊郑窈:张清州,你给我听好了,从今天起,你就是我们所有女生的公敌!

女生转身就走。

张清州:欸,欸,欸,别走啊!别走啊!

张清州叹了口气,无奈地低下了头。

第三场

内景:日景

地点:学校操场

人物:张清州,林迪,张博文,李睿凯

张清州垂头丧气入镜,坐在篮球架下。

林迪:欸,兄弟,怎么啦?

张清州:(无奈)唉,有苦说不出啊!

张博文:哈哈,我知道原因,他摊上事儿啦,摊上大事儿啦!

李睿凯:说来听听,说来听听,满足下我强烈的好奇心。

张博文:张清州欺负郭子涵,现在已经成为全班女生的头号公敌啦!

林迪:(惊异)兄弟,牛啊!连女生也敢得罪!

张清州:怎么着!我堂堂七尺男儿,还怕那些小女生不成?

张博文:兄弟,你还嫩着呢!唯女子和小人难养也!

李睿凯:就是就是,不要低估了女生的杀伤力啊!

第四场

内景:日景

地点:学校教学楼

人物:张博文,伊郑窈,邹亚芳,黄叶悠尔

(想象场景)学校走廊上,女生追着男生打。张清州被女生抓到,被按在地上揍!

第五场

内景:日景

地点:学校操场

人物:张清州,林迪,张博文,李睿凯

张清州:(很苦恼)我完蛋了,我一定看不见明天的太阳了!怎么办啊?林迪。

林迪:放心!兄弟,我挺你!

张博文:(不屑)得了吧!林迪,你看到伊郑窈,就像老鼠看见猫似的,比刘翔跑得还快,少在这里逞强了!

李睿凯:我觉得,当务之急,还是要先让女生原谅你。清州,我看你还是先去诚心诚意道个歉吧!

张清州:那怎么行,太没面子了吧!

张博文:就是就是,道了歉,我们男生以后就再也抬不起头啦!

林迪:那就想个法子,哄女生开心!这个,我在行!清州,你看这样行不……

第六场

内景:日景

地点:校园里

人物:张清州,邹亚芳,伊郑窈,黄叶悠尔,郭子涵

(想象场景)校园葡萄架下,张清州向邹亚芳送上一本书,邹亚芳一脸疑惑。校园楼梯上,张清州递给伊郑窈一个漂亮的粉红色水杯,伊郑窈满脸问号。校园走廊尽

头，张清州送给黄叶悠尔一个魔方，黄叶悠尔丈二和尚摸不着头脑。在开放式书吧，张清州躲在书桌下，给正在认真看书的郭子涵送去了一份小礼物，郭子涵惊喜万分。

第七场

内景：日景

地点：开放式书吧

人物：伊郑窈，邹亚芳，郭子涵，黄叶悠尔

（想象场景）女生围坐在一起聊天。

伊郑窈：（疑惑）你们有没有觉得，最近张清州好奇怪啊？

邹亚芳：（放大嗓门）对啊，莫名其妙送了我一堆东西。

郭子涵：我也收到了呢，他到底安得什么心啊？

黄叶悠尔：我看啊，黄鼠狼给鸡拜年，不安好心呗！

女生合：对！不安好心！

第八场

内景：日景

地点：学校操场

人物：张清州，李睿凯，林迪，张博文

场景回到学校操场篮球架下，一群男生继续讨论。

张清州：去去去！什么馊主意，烂点子！

李睿凯：你这办法肯定不行，等被王老师请去喝茶，就麻烦啦！

林迪：（情绪低落）总比成为女生公敌好吧？

张清州：摊上大事儿啦！

张博文：兄弟，我帮你！你看这样成不……

第九场

内景：日景

地点：学校大门口

人物：张清州，李睿凯，林迪，张博文

（想象场景）四位男生手插裤兜，帅气登场，霸气十足！

第十场

内景：日景

地点:学校大门口

人物:张清州,李睿凯,林迪,张博文

场景回到学校操场篮球架下,一群男生继续讨论。

张博文:(情绪高昂)兄弟们,终于轮到我们一展雄风的时候啦! 冲啊!

李睿凯:(泼冷水)醒醒吧,我们这几个小身板,怎么可能打得过女生?

林迪:时代变啦! 枪杆子里打不出天下啦!

张博文:(一脸愁容)这也不行,那也不行,只能坐以待毙啦?

李睿凯:欸,你们听过一个故事吗?

张清州:(不耐烦)都什么时候了,哪里还有心思听故事哦!

李睿凯:是一则寓言故事,你听听看,说不定对你有帮助哦! 有一只小狗,它来到池塘边喝水,看见水里也有一只小狗,就咧开嘴,对水里的小狗露出一个灿烂的微笑。

张博文:水里的小狗也就面带微笑啦!

李睿凯:又来了一只小狗,它也来池塘边喝水,它看见水里的小狗就咧嘴狂叫,露出一副凶狠的表情。

林迪:不用说,水里的小狗也一样恶狠狠,凶神恶煞!

张清州:(坚定)对! 我们应该这样做……

第十一场

内景:日景

地点:学校内操场

人物:张清州,郭子涵,黄叶悠尔,伊郑窈,邹亚芳

(想象场景)张清州向女生道歉的画面。

张清州:(真诚)对不起,郭子涵同学,我真诚地向你道歉,我不应该故意推你。我也向你们道歉,明明是我自己做错了事,还不承认,请你们原谅我。(全体女生起立,步步逼近,张清州害怕得蹲下)

张清州:别打我,别打我! 别打脸!(郭子涵一把扶起张清州)

郭子涵:(友好)你傻啊,我原谅你啦!

黄叶悠尔:我们也原谅你了呐!

第十二场

内景:日景

地点:学校操场

人物：张博文，李睿凯，林迪，张清州

张博文：知错就改，善莫大焉！

李睿凯：亡羊补牢，为时不晚！

林迪：浪子回头金不换啊！

张清州：对，就这么做！兄弟们！走！

四位男生勾肩搭背走向教学楼。

航拍校园风景。

创作手记

创作动机

男女同学之间发生的小矛盾，永远是青春校园里不变的话题。如果老师让同学们自行解决，情况有可能会不如人意；如果老师出面解决，男生表面虽然会认错，但之后还是会继续"欺负"女生……

一次课间，和几位同学聊到这个问题，大家纷纷表示很苦恼，很想改变现在的状况。于是大家很快组成一个分工明确的小组，想要把这个问题通过微电影的形式展示出来，希望同学们在观看影片有所感悟，有所思考。

主题提炼

这部影片在同学们的不断努力以及老师的悉心指导下，变得更加贴近我们的校园生活。它生动地展现了男生和女生发生矛盾后，一开始可能会做出错误的处理办法，但通过一群人的讨论和一个寓言故事的启发，最终向大家展现了一种正确的处理的办法。

这部影片没有生硬的说教，而是通过一个个幽默搞笑的想象场景，让大家认识到男女同学该如何和谐相处。相信同学们在观看影片后，会有所思考，有所辨别，使男女同学之间的关系越来越融洽，这就是这部影片的意义所在。

演职人员独白

张清州

张博文

伊郑窈

郭子涵

邹亚芳

李睿凯

林迪

黄叶悠尔

（影片中所有演员均以真实姓名出演）

导演　张清州

摄影摄像　张博文　黄叶悠尔

后期制作　李睿凯　邹亚芳　郭子涵

剧本创作　张清州　林　迪　伊郑窈

指导老师　王嘉嘉　应乐曼　孙胜安

新　生

瑞安市第四中学

影片导读

小吴是刚转到瑞安四中的高一新生，她来自偏远山区，之前不曾感觉自己与其他同学有什么不同。而就在来到这所学校不久，通过与小林、小明、小张以及班长的相处，小吴觉得自己与她们格格不入，甚至开始感到自卑，逐渐远离班级集体。

这究竟是为什么呢？难道是小吴自己的感觉错误？还是班中同学真的有意无意地在孤立她？

剧本精要

第一场

内景：日景

地点：瑞安四中女寝

人物：小吴，班长

刚到学校的小吴首先就给妈妈打了电话，对新学校的事物充满了好奇心的她既兴奋又紧张。在寝室，她与班长首先见了面，两个人的相处看起来非常融洽，班长也在小吴的心中留下了和善的印象。

（小吴拎着行李，好奇地环顾四周。然后找到一个位置放下行李，去给妈妈打电话）

（拨电话，等待，接通电话）

小吴：喂，妈妈是我！欸，我到新学校了，你放心吧，我会好好照顾自己的。妈妈你也是，好嘞！那我先挂了啊，妈。嗯，妈妈拜拜！（注意中间的停顿和语气的轻松）

（挂下电话后，班长正好进了宿舍，两个人对上眼，班长先笑着打招呼并放下行李）

班长：嗨！你是这个寝室的吗？

小吴：是啊。

班长：我也是，那咱俩以后就是室友了。你是这学期新转来的学生吧？

小吴：嗯，是，我刚到，这儿都还不是很熟。我叫吴梅，你呢？（开朗）

班长：我叫陈冰，是刚当选的班长，以后有什么需要帮忙的你都可以跟我说哦。（大方和气）

小吴：谢谢哩，你人真好。

班长：什么啦，应该的。（看一下表）时间差不多了，马上要举行开学典礼了，在操场集中，离寝室还有一段距离，咱们快去吧。

小吴：哎呀，那赶紧走吧，可别耽误了。（与班长一起急匆匆走出去）

第二场

内景：日景

地点：教室

人物：小吴，班长，小林，小明，小张

班里的同学们对新到来的同学充满了好奇，当小吴做自我介绍时，她的口音引发了大家的笑声。本没有恶意的笑声与窃窃私语，传到小吴耳中，却令她有些尴尬与难堪。

（小林、小明、小张坐在一起聊天）

小林：欸，你们知道吗，我们班来了个转学生。

小明：咦，真的啊。

小张：男的？女的？

小林：不知道哦，我昨天去老师办公室，听到咱们老班主任好像在说什么转学生。一会儿班会课了看看不就知道了。

小张：欸，你们看那个是谁？（小吴背着书包上台）

小林：不会是新来的转学生吧？

小明：看那情形是要进我们班欸。（小吴四处张望走近三人）

小明：进来了进来了。

（察觉到目光，小吴对着她们尴尬地微笑着点了一下头，三人也笑了一下表示回应。小吴走向最后一排坐下，拿出了书不自然地看着）

小张:她应该就是转学生吧。哇,好认真啊。

小林:是啊,怎么坐这么后面,咱们是不是吓到人家了!

小明:还不怨你!(看向小张)一下子三个人这么看着她,人家肯定会不自然的嘛。

小张:哎呀,学霸的世界我们不懂得啦。别吵别吵了,回头影响人家不好,嘘……

小林:嗯,看书看书,学渣也要有自我修养。

(三人窃窃私语时,不时回头瞥小吴几眼,小吴低下头浑身感觉不自在)

(班长走了进来,大家都抬头看向她。班长看到小吴后先笑了一下,然后走到讲台前)

班长:给大家介绍一下,这个学期我们班转来了一位新同学,现在先请她上台来做自我介绍。(微笑着向小吴招手示意,大家都鼓掌)

小林:(对小张、小明说)还真是她欸!

(小吴有些害羞地站起来走上台去,笑着开口)

小吴:大家好,我是新来的转学生。(底下一听到口音一阵笑声,小吴面露难色)嗯……我叫吴梅。

(有人起哄:报告,我叫九妹)谢……谢谢大家。(小吴鞠躬,很快地低头走回位置继续低下头来看书)

小明:欸,怎么不多说两句,那口音好好玩儿啊。

小张:去!可以了啊!

“别笑别笑”“应该不是我们这儿的吧”“哈哈哈哈”……

在大家的窃窃私语中小吴把头埋得更深了。

第三场

内景:日景

地点:食堂

人物:小吴,班长,小林,小明,小张

经过自我介绍的风波,小吴想要和大家关系更亲密一些,正好妈妈给她带了家乡的小鱼干,她便拿出来想与大家分享,没想到心直口快的小张又让她……

(小明、小张、小林三人坐在一起边闲聊边吃饭)

小林:我爸前几天出差,给我带了块手表。

小明:好看不,给我看看!

小林:来来来,给你们秀一下。(伸手到小明前)

（“欸，我觉得这里设计的不错噢”“嗯，还行噢，挺好看的”“那是”……两人聚在一起聊了起来）

小张：欸，我觉得今天这菜有点咸。欸，跟你们俩说话呢，别看了。

小明：嗯？有吗？我吃吃看。（吃一口）是有点欸。（小林也夹了一口）

小林：还好啦，别嫌弃了，咸点儿好下饭了啦。

小张：算了算了，吃吧吃吧！

（班长和小吴端着盘子找到位子坐下，小吴拿出自己带着的一盒小鱼干，打开）

小吴：班长，这是我妈妈特地让我带过来的小鱼干，你吃吃看好吃不。

班长：真的呀。好啊，谢谢啊！（夹起一块吃）嗯，很酥很好吃噢，这边都没有见过这种小鱼干欸。

小吴：嘻嘻，这是我家乡特产，我妈妈说我从小时候就爱吃，怕我到这边不习惯就给我晒了一些。

班长：你妈妈可真贴心呢。欸，小林、小张、小明她们在那儿呢。（二人看向三人，互相打了招呼）

旁白：小吴想着，班长既然觉得好吃，那大家应该也会喜欢吧。不如和大家一起分享小鱼干好了。

小吴：班长，你说她们喜欢小鱼干吗，要不我给她们拿一些过去吃吃看？（询问）

班长：可以呀。

（小吴，端起盒子走向三人，羞涩地把小鱼干放在餐桌上）

小吴：嗯……这是我妈妈给我带的小鱼干，你们要吃吃看吗？

（“哇，好像还不错的样子，那我就不客气啦。”“谢谢噢”三人道。便夹起吃，吃了一口小张就面露难色）

小张：哎哟，比这菜还咸呢。（小吴顿觉尴尬）

小明：嗯，是有点欸，不过小吴啊，还是谢谢你啊。（尴尬地一笑）

小林：瞎说什么呢，我觉得挺好吃的。小吴你别理她啊。（笑）

小吴：嗯。那应该是有点咸吧。那……那我先回去吃饭了啊。

小明：嗯，谢谢噢。（小吴尴尬地笑，端起盒子尴尬地走了）

（小吴走后，小明和小林数落小张怎么可以这么说话。小张小声地说自己一时没忍住）

班长：（小吴坐下后，班长问她）怎么样？她们喜欢吗？

小吴：嗯……还行吧，可能有点咸了……

班长：唔。好下饭嘛，我觉得挺好吃的。

小吴:嗯,那你多吃点噢。

班长:嘻嘻嘻,谢谢。

第四场

内景:日景

地点:操场

人物:小吴,班长,小林,小明,小张

旁白:本来对高中生活充满期待的小吴,却因为自己融入不到同学之中,以及自己口音的问题而感到了自卑。渐渐地,她变得不愿意和大家多相处,孤独也就随之而来了……

(小明、小张在一旁坐着聊天。小吴独自一个人在远处坐着,时不时张望两眼)

小明:你知道最近有什么好看的电视剧吗?唉,好无聊啊。

小张:最近我是没注意。不过我推荐你去看有部叫《越狱》的美剧,零几年上演,比较老的了。不过男主超帅,剧情还很赞!

小明:是嘛,那我回去搜搜。欸,我们这星期去图书馆吧,我上次借的书该还了。最近我还想吃烤肉,正好一起呗。

小张:嗯,应该可以吧,最近挺闲的。欸,小林呢?叫上她一块儿呀!

小明:她啊,刚刚跑完步说口渴,买水去了。

(小林抱着三瓶水小跑而来)

小明:喏,这不回来了。(小张看向小林,小林把手中的水分给二人)

小林:哎哟喂!(边说边坐下)累死我了,体育老师也不知道怎么想的,一下子要我跑两圈,六百米啊,我的脚哟。

小张:让你平时不锻炼吧。

三人开始商量起周末一起出行的事(台词自拟)。另一边班长出场,看到小吴一个人坐着,便走向了她,小吴看清向自己走来的是班长,笑着打了招呼。班长在小吴身边坐下。

班长:你怎么一个人坐这儿呀,为什么不去和她们一起玩儿啊?

小吴:(支支吾吾)嗯……没事儿……我就坐这儿挺好的,还是不过去了。

班长:怎么了?有什么事吗?

小吴:(难为情地)没……没有,没事儿呢。

班长:那干啥不和她们一起玩儿呢?肯定怎么了,是不是她们欺负你了?你跟我说,我去和她们讲理!

小吴:没没没！真没事儿呢班长,大家都挺好的呢。

班长:那你这一个人坐着干啥?

小吴:嗯……我……我就是觉得……大家说的东西我都不懂,我平时做啥都土里土气的,大家不乐意和我一起玩儿。

班长:怎么会！没有的事啊！她们说话直来直去的,你别往心里去啦!

小吴:嗯,我知道的。

班长:你平时多和大家聊聊天,熟络了就好了。哦,对了,学校里快要举行运动会了,你有没有什么擅长的项目?早点跟我报名哦!

小吴:运动会啊……(镜头往草坪拍去)

第五场

内景:日景

地点:教室

人物:小吴,班长,小林,小明,小张

班级里大家准备好了礼花彩带,桌面上摆着矿泉水和零食。(学校开运动会的场景)

大家在班级里闲聊打闹,这时候广播响起,班长听到“一千五百米”字眼连忙说“嘘——嘘——听听吴梅的成绩”,大家都静下来听。

广播:接下来播报高一段女子一千五百米总决赛成绩。第四名,高一(1)班王安琪;第三名,高一(6)班金依霖;第二名,高一(9)班陈铭洁;第一名,高一(3)班吴梅。(越到后面,大家按耐不住的激动在脸上表现得越明显,听到吴梅第一名后大家在一起欢呼,班长和同学们围成一圈秘密说着要制造的“惊喜”)

旁白:在大家正为取得优异成绩的吴梅欢呼的同时,这一边的吴梅正拖着疲惫的步伐向班级走去,此时的她心中还正忐忑着班级的同学会有什么反应,自己要怎么做才显得自然。

同学们散开,拿着彩带礼花躲在门后,吴梅一进入教室,众人一拥而上,向她开启了礼花彩带,并高呼着“哇哦！吴梅你好棒啊!”“第一名啊!”“真行!”班长开心地上前为其带上了一个花环。

吴梅一脸惊讶,很快显出了几分开心。

小吴:你们……都有关注我的比赛吗?

班长:对啊！大家还给你加油打气呢！你是不知道,那小明啊,差点把嗓子都喊破了呢!(大家哄笑着看向小明)

小明：哪有啊！（有点不好意思）哎呀，我就说嘛！班级里应该备个喇叭！喊起来多带劲儿啊！哎，不过说真的啊，吴梅，你可真棒啊，一千五百米啊，这要是换做小林早趴在半路上了，哈哈哈哈！

小林：说啥呢！去去去。欸，小吴啊，你以后多教教我跑步。

小吴：你们……不会不愿意和我一块儿玩儿吗？（拘谨中又带着几分难掩的开心）

小张：说啥呢！我们为什么不和你一块儿玩儿啊！（搂住小吴肩膀）

班长：是啊是啊，我早就说了呀，大家其实都挺想和你一起的。你呀，就是太不喜欢和大家说话了，所以大家才以为是你拘谨嘛！（搂住小吴另一边肩膀）

小吴：可是……我有口音……还不懂你们聊的话题，总搭不上话……

小明：口音怎么了！我还总想让你教我几句你的家乡话呢！多有意思啊！别瞎想了啦小吴，其实大家都很想多和你相处相处的。（搂住班长肩膀）

小林：对啊！对啊！我们大三班，那可都是一家啊！（搂住小张的肩膀）

小吴：哎……你们看我！都开心得说不出话了……你们……你们真好！

班长：我们是一家人呢！一起去吃烤肉吧！（笑）

创作手记

创作动机

在很久以前，一些来自偏远地区的同学由于成长环境与城里的同学不同，再加上性格上的差异，在交往过程中，都会有不同的处事方式和态度，而这种不同往往容易引起误解，这对一些心理敏感的同学可能会是一种伤害。本微电影旨在让更多的人关注到类似的现象，让更多的老师和学生走进这些来自偏远地区同学的内心。在唤起更多人的共鸣之余，也让大家明白其实青少年友谊是纯真且美好的。只要敞开心扉，把心里的话告诉大家，那么一些不必要的误解就会随风飘散。

主题提炼

影片通篇都在阐释一种积极友善、乐观开朗的青少年学习生活方式，希望观众在观影的过程中，能联想到自己的青春与身边美好的友谊，感受到影片所传达的一种人与人之间互相关爱的正能量。

演职人员独白

小吴　吴安琪饰

小陈　郑珺秋饰

小林　张洁琼饰

小明　张婷婷饰

班长　林祥娜饰

导演/编剧　柳芯芯

副导演　林祥娜

摄像　张洁琼　王侨磊

剪辑　郑珺秋

剧照　潘星如

指导老师　顾寰

心　墙

温州市籀园小学

影片导读

人与人之间，有时会筑起一道道心墙，这面心墙往往是由于彼此之间的不了解乃至于偏见产生的。

一条流浪狗的出现，打破了两个原本水火不容的学生间无形的心墙。他们之间又发生了哪些不为人知的故事呢？天、地、人三位一体的生命德育课程究竟是以怎么样的方式润物无声地浸润他们的成长历程的呢？精彩内容且看《心墙》。

剧本精要

片　头

内景：日景

地点：操场

人物：张平，灏翔

张平：（开心跑过去）灏翔。

灏翔：走开！（张平被灏翔推倒……）

张平独白：他是我最讨厌的人……

第一场

场 1-1

内景：日景

地点：教室

人物：张平，灏翔，老师，同班同学

课堂上，老师出题的时候张平正在走神，老师突然点到张平回答问题，张平起立却不知道该说什么，一脸茫然。

老师：谁来帮帮忙？

灏翔对答如流，受老师欣赏。

张平看向灏翔，略不开心，灏翔神情清高，看起来似乎略傲慢。

张平独白：（配合画面）他叫叶灏翔，是我的同桌，他特别优秀……

场 1-2

内景：日景

地点：操场

人物：张平，灏翔，同班同学

体育课，张平和灏翔两人站在跑道上，张平落后灏翔很多。终点线处，许多同学都夸赞灏翔，张平在一旁喘着气，嫉恨地看着灏翔。

张平独白：他就像一个发光体，老师同学都喜欢他。

场 1-3

内景：夜景

地点：教室

人物：张平，灏翔，助教老师，同班同学

晚自习中。

助教老师：（对张平）怎么还没写完？你太慢了（叫灏翔给张平报听写）。

灏翔：我不要，他写得太慢了……

张平独白：（看着灏翔）我常常想……如果没有他……该有多好……

第二场

场 2-1

内景：日景

地点：校园内

人物：张平，灏翔，同学

同学们正在嬉戏游玩，捉迷藏的过程中，被叫声吸引，走近一看原来是一只小狗。一位同学小心翼翼地把它从树枝下抱出来，找来箱子和毛巾给它造了一个家。

（很兴奋，七嘴八舌）

同学：哇！这只小狗好可爱啊！

同学:它好可怜啊,那么小就找不到妈妈了。

灏翔:它好像很饿……

同学:晚上怎么办?

同学:哎呀!马上就要晚自习了……

张平:教室肯定不能带过去吧。

同学:我们去上课了,它怎么办?

灏翔:我们先把它藏好吧。

场 2-2

内景:夜景

地点:寝室

人物:张平,灏翔,同学

晚自习结束铃声一响,灏翔就冲出了教室,张平看着。

寝室里,孩子们穿着睡衣,拿着牛奶。

灏翔:(拿着自己的牛奶下楼,找到小狗的窝,把牛奶放在小狗嘴边)喏,给你带晚餐来了……(摸摸它)要是能一直把你养在这里该有多好啊……(张平在后面默默看着眼前的一切)

灏翔离开后,张平走近狗窝,一看,奶瓶没打开,忍不住噗嗤一声笑了。

张平:(摇摇头)唉,笨手笨脚的,哪里聪明了?(然后把奶瓶打开,倒给小狗喝,看着小狗喝着牛奶,笑着摸摸它的头……)

张平独白:我发现,其实他没有想象中那么讨厌。

场 2-3

内景:日景

地点:校园内

人物:张平,灏翔,灏翔爸爸

张平独白:但是上帝好像听到了我曾经的祈祷……

灏翔爸爸来学校找灏翔,发现了灏翔的秘密。

张平带着灏翔爸爸过来找灏翔,爸爸叫了灏翔一声,灏翔惊得猛回头。

灏翔:爸爸!

爸爸:你在干什么?

灏翔:啊?哦,嗯……没什么。

爸爸:(踱步上前,指着灏翔身后)你后面是什么?

爸爸直接把孩子拉扯开,灏翔虽然也试图阻止但爸爸还是看到了小狗。

爸爸:(气冲冲地)好啊！你平时就在学校做这些！我花了那么多钱,让你读书！让你住校！是让你在这里养狗的吗！

灏翔很难过,不知所措。

张平:(试图上前帮忙)叔叔……这只狗是我们前不久看到的……很可怜……

爸爸:(强势打断)孩子,不关你的事,你不用帮他,(转向灏翔)跟我回家去！

场 2-4

内景:夜景

地点:教室

人物:张平,同学

晚自习,大家安静地写着作业。

张平回头,默默地看了看空着的灏翔的位置。

张平独白:他真的不在了,但是……

第三场

场 3-1

内景:日景

地点:操场

人物:张平,灏翔,男孩

白天,灏翔在操场上打篮球。

张平看到了,笑着跑上前去叫他,这时灏翔一把推开了张平(电影开头的画面),张平神情诧异,一颗球从眼前飞过。

这时一个男孩跑过来向他们道歉。

男孩:对不起！对不起！球没打到你们吧？

张平:(反应过来,笑着说)没事儿。(回过头来面对灏翔,有些不自在)昨天……对不起,我没想到你爸爸看到会那么生气,都怪我不好……

灏翔:这跟你没关系,你又不是故意的。

张平:那……你爸爸气消了吗？

灏翔:(笑笑)嗯,没事,我爸爸人很好的,只是……我以后可能不住校了。对了,狗狗怎么样了？

张平:还在学校呢,可助教老师说不能一直这样,可能要把它送人了。

灏翔:那……我们不就再也看不到它了吗？

张平:我们去找老师求情,说不定,学校会同意呢？

场 3-2

内景：日景

地点：教师

人物：张平，灏翔，同学

老师：（卖关子）孩子们，关于昨天你们说的那只小狗，老师有一个消息要宣布，学校……（笑容绽放）同意了！

学生大部分欢欣雀跃：耶！

老师：（微笑着）学校决定将小狗暂时养在生态园，你们得负责照顾好它。

学生：（纷纷道）没问题，我可以……

老师：（示意安静下来）不过，老师有一个要求，一定要先取得爸爸妈妈的同意，才能去喂养它。

灏翔有点垂头丧气。

老师注意到了……

场 3-3

内景：日景

地点：办公室

人物：老师，灏翔

老师：（对灏翔）你爸爸提出要让你走读，是因为住在学校里不开心吗？

灏翔：不是……我很喜欢住在学校，也很开心。但是爸爸担心那只狗会影响我学习，所以不让我照顾它。

老师：其实照顾小狗，不一定就会影响你的学习啊。你自己可以调节好吗？能不能既维持住好成绩，又照顾好小狗？

灏翔：我不会让学习受影响的，我会更努力！

老师：老师对你有信心，如果你想住校，老师们也会为你争取。

第四场

场 4-1

内景：日景

地点：楼顶生态园

人物：林校长，灏翔爸爸

林校长：灏翔爸爸，你先别着急。关于灏翔的事情，你是不是再重新考虑一下？孩子自己也比较喜欢住校，再说他表现一直很好。

灏翔爸爸：可是林校长，他在学校养狗，你们怎么也不管管？

林校长：这件事情，其实我也知道。关于养狗的事情，我觉得并不是坏事，与动植物的相处，本来就是一门课程，孩子在这个过程中，学会尊重生命、珍爱生命，产生对生命的敬畏；也学会彼此扶持、相互包容。这个过程就是成长，也就是我们一直在做的生命德育课程。

灏翔爸爸：生命德育课程？

林校长：对，这就是我们现在在做的，我们从人与植物、人与动物以及人的品质三个方面来培养。……你看那边，是孩子们亲手种的油菜花，从一颗小小的种子发芽生长，这个过程中孩子就能体会到生命的奇妙，生命的力量。另外，你看我们那边的一笼鸽子，孩子认领的过程中，学会了付出，我们在放飞鸽子的时候，他们就会第一时间跑回来看看鸽子会不会飞回来，从中就体会到牵挂的心情，我相信这没办法用说教来完成，只能通过体验，让孩子有所感受。我们相信，若干年后，孩子会把这种牵挂的情怀迁移到父母对自己的牵挂中来，这就是成功的教育。另外我们更注重人的品质的培养，比如这次小狗的事情，我相信孩子在这个过程中一定会收获友情、收获成长。

校长这番话使灏翔爸爸陷入了沉思……

场 4-2

内景：日景

地点：楼顶生态园

人物：张平，灏翔，利炜，其他同学

孩子们在里面或玩耍，或阅读，或茶歇，这里是他们的乐园。

利炜带着狗窝进入，引起了孩子们热烈的讨论，孩子们七嘴八舌，对于获得领养权的利炜羡慕不已……

灏翔不舍地注视着巧克力(小狗)，在孩子们的安慰中渐渐开怀。

孩子们的心仿佛与巧克力牵在了一起，即使巧克力不在学校了，但孩子们之间，已然有些什么……在悄然变化。

独白：后来巧克力被认领走了……但我们的故事……还在继续。

创作手记

创作动机

这部微电影的拍摄，就是想把我校国际部的生命德课的课程核心呈现出来。但生命德育太深奥了，它几乎是个只可意会、不可言传的概念。写剧本是个痛苦的过程，灵光乍现的愉悦，无法言传的焦躁，只能自己品味。

剧本改编自国际部发生的真实事件，每一幕都不太真实却又都像是真的，让你无法知道这些事在国际部是否真的会沿着剧本的轨迹发展。

主题提炼

人与人之间，有时会筑起一道心墙，这面心墙往往是由于彼此之间的不了解或者偏见造成的。教育的伟大意义就在于培养真正意义上的未来的建设者，他们应该是热爱生命，充满生机的。没有一个人能脱离集体成为独立的个体，而在集体生活中，学会彼此包容和扶持也该是一门重要的功课，这也正是籀园小学国际部的生命德育课程的追求。正如微电影中的流浪狗故事，孩子们爆发出了无限的爱心和凝聚力，他们照顾小狗，彼此帮助，这是在国际部上演的真实故事，从中我们看到孩子无限柔软的内心，恰恰是这种柔软，在未来会成为孩子们强大的力量，这也是我们想要竭力呵护的。不仅如此，在这个过程中，孩子们学会了彼此了解，打破那道心墙，跟偏见说再见！

演职人员独白

张平

叶灏翔

黄子窈

蒋沁栩

吕安言

林宸好

徐焕然

杨天翼

潘姝璇

黄温博

夏利炜

林浩瑞

朱一清

友情出演：林大康　冯政　潘阳　吕贤军　陈晓燕　王建青　潘彩月

（影片中所有演员均以真实姓名出演）

出品人　金子翔

监制　林大康

总策划　黄定富　朱冬清

编剧　叶腾

执行导演　金亚妮

导演　叶腾

拍摄　宁瑞会

剪辑　宁瑞会

成长篇

细节决定影片的品质

浙江传媒学院　王翎子

微电影，是一门艺术。电影里的每个小细节，未必会决定影片的成败，但是会影响到影片的品质。

为什么微电影创作强调细节，因为影片需要依靠真情实感来打动人。而真情实感，不是靠演戏演出来的。一流的演员，能很好地通过表演表述故事内容，但大多数的微电影创作是小成本制作，很少会请一流的演员，常使用业余演员。那么如何拍出真情实感，就需要依靠细节取胜。

一是剧情安排上的细节。比如成长篇要表达的是同学们的成长经历，成长有快乐，有烦恼，有得意，有挫败，怎么表现这些成长中的情感，就需要在情节安排上，有更多细节。演激动情绪，或许借助一个把书包高高抛起，掉下来砸到自己的脑袋，却还是高兴地笑的小片断，就可以表达了；演犹豫情绪，或许借助擦出了一桌子的橡皮擦屑的小动作，就可以透露了。给人物加些小动作、给故事加些小细节，在塑造人物形象、表达内心情感上，都能起到很好的效果。

有很多导演喜欢设计小细节来表达信息。比如王家卫的《花样年华》里，同样一个场景，女主角换了一件旗袍，就表示地点不变，时间变了，又是新的一天。这样的细节并不是每个观众都能留意到，都能读懂，但是作为导演，这是一个很巧妙的设计。让你的观众们在看完电影后，会有不同的发现，愿意讨论交流，甚至愿意再看一次，这都是一种成功。当然，这些细节都是为你要表现的主题、情感服务的。千万不要画蛇添足。

二是影像表现上的细节。拍摄上有很多细节需要精益求精。比如光线和色调。当你要传递非常快乐的感情时，可以刻意选择阳光明媚的场景，主人公穿色调比较鲜艳的衣服；当你要传递非常伤痛的感情时，相对昏暗的光线环境，加上主人公冷色调的衣服，已经能够营造出悲哀的气氛。

影像表现上，还有很多小细节，往往会在具体拍摄的过程中被忽视。比如在拍校园类的微电影时，走过图书馆，桌上有些书，都是常见的情景。你甚至会需要去关注那些书的名字，是不是符合你要表达的人物性格甚至心情。比如你要拍勤奋好学的学生，最好就不要出现《过把瘾就死》《百年孤独》这些图书名，因这不符合要表达的思想；你要拍积极向上的学生，就不要让他们背后恰好是叶子掉光的枯树。影片画面里出现的每个元素，都在向观众传递信息、表达情绪，因此你都不能忽视。

另外，有些服装在生活中看起来很好看，但拍进电影里就很难看。比如小碎花小波点的衣服，在影像拍摄里是比较忌讳的。主人公手上佩戴琐碎的小首饰，衣服上印了字，都会影响画面的美感。多注意画面中的细节，让画面干净起来。

学会坚强

杭州天地实验小学

影片导读

奶奶、妈妈、恬恬组成了这个“三口之家”。恬恬并没有因爸爸车祸过早离世而缺少幸福，她在妈妈和奶奶的呵护下健康成长。然而有一天，又一场不幸悄然降临这个家庭，妈妈被诊断患有不治之症。在死神即将降临之际，妈妈毅然给恬恬做出了一个决定……

这个决定是什么？女儿会同意这个决定吗？奶奶会有怎样的反应？请扫右侧的二维码。

剧本精要

第一场

内景：日景

地点：杭州天地实验小学门口

人物：恬恬妈，恬恬

恬恬的妈妈送恬恬上学。她把孩子送到校门外前100米左右，帮她背上书包，就让她自己进校门。之前，妈妈一直是送恬恬到校门口才离开的，今天的情况使恬恬感到奇怪。

恬恬妈：好了，恬恬，自己上学去吧。

恬恬：为什么要自己走进去？

恬恬妈：你可以自己走的，妈妈会看着你，好吗？

恬恬：噢。（不解地走向学校）

恬恬的妈妈面带微笑，看着恬恬走进校园，心里却是五味杂陈。

旁白:恬恬是一个活泼可爱的女孩,她的妈妈是一位老师,她最喜欢和恬恬一起学习和做家务,最近,她们家发生了一些不幸的事情。

搭配画面:恬恬的妈妈和恬恬一起做作业,一起做家务。

第二场

内景:日景

地点:厨房

人物:恬恬妈,恬恬

周末,恬恬和妈妈在家休息。妈妈准备给恬恬倒饮料喝。突然,恬恬妈感到头晕,一不小心,把一个水杯碰到了地上。妈妈知道自己的病情又恶化了,而恬恬什么也不知道,发生这样的事情恬恬感到很奇怪。

恬恬:妈妈,怎么了?(帮妈妈把杯子捡了起来)

恬恬:(不太高兴)怎么这么不小心啊,以后把我丢了可不得了。(说着看了一眼妈妈)

恬恬的妈妈把手撑在桌子上,站立不稳。恬恬看着妈妈,面露关心的神色。

恬恬:妈妈,要喝杯水吗?

画面移向恬恬拿过来的水杯。

第三场

内景:日景

地点:客厅

人物:恬恬妈,恬恬奶奶,恬恬

(画面从水杯移开,水杯被一双手拿走)场景转换到恬恬奶奶拿着水杯走到客厅,将水杯递给恬恬的妈妈。

奶奶:(对妈妈说)喝口水吧,哪里不舒服啊?看你总是很疲劳的样子。

恬恬的妈妈把手指放在嘴前,头往右侧点了一下。奶奶看到坐在一旁的恬恬,心里顿时明白了什么。

奶奶:(降低声音)不要太操心了,真的不舒服,还是去看医生噢。

恬恬妈:知道了,妈。

第四场

内景:日景

地点：医院诊室

人物：恬恬妈，医生

恬恬妈终于还是来到了医院，并且做了一系列检查。CT片出来后，她带着CT片来找医生复诊。

恬恬妈：医生，帮忙看看。

医生将CT片放到看片灯上，认真地看着。

恬恬妈：医生，怎么样？

医生：是这样的，我们在你的头部CT片里面发现了一个实质性、高密度的占位病变，也就是我们常说的肿瘤。

恬恬妈：（紧张地）肿瘤？那，医生，能治吗？

医生：治疗的方法主要有两种，一种是保守治疗，另外一种是手术治疗。但是，手术治疗的风险比较大。

恬恬妈：（思索了一会儿，有些迟疑）那，还是保守一些吧。我还有很多事没做呢。

第五场

内景：日景

地点：诊室外

人物：恬恬妈，恬恬奶奶

恬恬的妈妈从诊室出来，心情很不好，可一看到恬恬的奶奶后，还是勉强笑了一下。奶奶看到妈妈的表情，放下了心。

奶奶：（焦急）怎么样，医生怎么说？严重不严重？

妈妈：没事儿，妈，不怎么严重。我会配合医生治疗的。

奶奶：（高兴）真的，那太好了，太好了，我们回家。

妈妈和奶奶拉着手离开了。

第六场

内景：日景

地点：客厅

人物：恬恬妈，奶奶，恬恬

奶奶在佛龛前拜佛，祈求菩萨保佑一家人平安、健康。

奶奶：菩萨保佑，我们大人平平安安，健健康康，宝宝聪明伶俐。

恬恬妈：妈，光拜菩萨有什么用，还是要教会恬恬自己照顾自己。

奶奶：你现在最重要的是照顾好你自己的身体，家里的事情有我呢，你放心。

恬恬妈：可是，恬恬都上学了，有些事再不教，我怕来不及。

奶奶：宝宝还小呢，早呢，早呢！

奶奶坐到恬恬对面。妈妈看着恬恬开心玩乐的样子，心中若有所思。

奶奶：恬恬宝贝啊，今天看什么书啊，哦，书上的妈妈带着宝宝出去玩。

恬恬妈看着她们两人，把手放到一本教育书籍上，眼神流露出一丝慈爱、不舍与坚定。

第七场

内景：日景

地点：恬恬卧室

人物：恬恬妈，恬恬

恬恬和妈妈坐在床上聊天。

恬恬妈：恬恬啊，最近是不是和妈妈学了很多东西啊？

恬恬：是的。

恬恬妈：会打鸡蛋，还会了什么呢？

恬恬：嗯，还会削苹果，洗菜……

恬恬妈：恬恬，跟你说，妈妈小时候也是一样一样学起来的，每个人都要有照顾自己的能力，知道吗？恬恬，妈妈问你，如果有一天，妈妈要去很远很远的地方，你能不能一个人照顾好自己？

恬恬：（反应很强烈）怎么可能？

恬恬妈：怎么不可能啊？

恬恬：为什么？

恬恬妈心里一紧。想了想，还是继续说了下去。

恬恬妈：妈妈也是会离开这里的啊，你说呢？对不对？是不是？

恬恬：（不高兴）嗯……（撒娇地）

恬恬妈感觉自己说话太急了，立马转换话题。

恬恬妈：恬恬，过几天你就过生日了，想要什么礼物啊？（恬恬露出了笑容，画面慢慢移向恬恬的双眼）

第八场

内景：日景

地点：客厅

人物：恬恬妈，恬恬，恬恬奶奶

画面从恬恬的双眼移出，妈妈和奶奶唱着生日歌，奶奶和妈妈一起在家，给恬恬过生日。

奶奶：恬恬，想要什么生日礼物呀？

奶奶笑了一下，转身从沙发扶手上拿来了礼物。

奶奶：恬恬看，噔噔噔，双胞胎小芭比。喜欢吧，真好看。

恬恬把礼物接了过去，很开心地点着头。

恬恬：那妈妈，你的礼物呢？

说着，奶奶打开礼物盒，拿出了礼物。发现礼物是一条围裙，大惊失色。

奶奶：唔！看看是什么。怎么是条围裙啊。

恬恬：我不是有一件了吗？怎么还给我呀？

恬恬妈：恬恬啊，妈妈有一件和你是母女款，以后，我们一起穿着做好吃的，好不好？

奶奶：（不太高兴）那你穿上试试！

恬恬妈：来，恬恬我们试一下。

妈妈把围裙穿在恬恬身上，但围裙太大了。

恬恬：妈妈，这个衣服怎么这么大啊，跟裙子一样的。不舒服么……

恬恬奶奶看恬恬穿这么大的围裙直摇头。

恬恬妈：（很认真地）恬恬啊，你会慢慢长大的……

奶奶听到这句话后若有所思。

奶奶：好了，我们吃蛋糕了。

三个人坐在客厅的小桌子上吃蛋糕。其乐融融的画面让所有人都忘却了悲伤，感受到满满的幸福。

奶奶：恬恬来，切蛋糕了哦，小寿星，这个蝴蝶结给恬恬吃好不好呀？

恬恬：（调皮地）好吃。我有胡子。妈妈，给你一个耳朵。

奶奶：吃饱了哦，奶奶去收拾。

恬恬妈：（把碗拿过来交给恬恬）妈，你别动。恬恬，你去。

恬恬正在洗碗，奶奶走了过去。

奶奶：恬恬，洗好了吗？

恬恬：好了。

奶奶：（不满意的表情）这是你洗的啊？唉！恬恬妈，恬恬妈，你来一下。

恬恬妈:(画外音)妈,怎么了?

奶奶:(不满)你看看,这么油腻,她怎么洗得干净呢?还得我们洗啊!

恬恬妈:妈,她自己能做的事情,还得让她自己做!

奶奶:(指着碗)可是洗不干净啊!你看,都是油腻。

恬恬妈:(坚定)没事的,学着学着,做着做着,自然,她就会了。

奶奶看着妈妈一言不发,想了一会儿,她似乎明白恬恬妈的意思了,笑了起来。

第九场

内景:日景

地点:多场地

人物:恬恬妈,恬恬,恬恬奶奶

奶奶把围裙挂在了厨房的门上,关上了门。

妈妈和恬恬走了过来,取下围裙穿好,打开厨房门,开始一起做家务。

厨房、客厅、花园等许多地方,妈妈和恬恬一起度过了许多幸福而欢乐的时光。

随着时间流逝,妈妈开始教女儿做家务。女儿常常弄破东西,有时有不耐烦的表情,有时会责怪妈妈。妈妈仍然耐心地一步步教。

其间穿插妈妈身体不舒服的镜头。

第十场

内景:日景

地点:花园,医院

人物:恬恬妈,恬恬

恬恬妈站在滑梯边晕倒了,恬恬急忙滑了下来跑到妈妈身边。

恬恬:(焦急地摇着妈妈)妈妈,妈妈,妈妈你怎么了?

恬恬找到了妈妈的手机,打电话给 120 急救。

恬恬:(焦急地说)喂,是 120 吗?我妈妈昏倒了。

医院场景,急救。

第十一场

内景:夜景

地点:客厅

人物:恬恬妈,恬恬

恬恬妈正在写日记。恬恬和妈妈一起度过的，平常，却又意义深刻的一夜。

恬恬：（瞌睡的样子）妈妈你在干什么啊？

恬恬妈：恬恬啊，妈妈陪你去睡觉，好不好，嗯？

逐渐成熟、独立的恬恬，又和妈妈度过了一段日子，并且学会了更多本领。妈妈的病越来越重，经常感觉到不舒服，而此时的恬恬已经学会独立生活。

旁白：恬恬的妈妈想让恬恬变得更独立、自信，以后能面对这个崭新的世界。最后，妈妈的身体情况越来越差，但让妈妈欣慰的是，恬恬终于学会了照顾自己。

创作手记

创作动机

很早就在杂志上读到了这个故事的原著——《小花的味噌汤》。这个故事自当时起，便深深地感染着我。我自己在日常生活中，也常常被这个故事里的主角所激励着，促使自己更好地学习和生活。

去年六月，偶然间学生和老师聊起这个故事，没想到大家都被这个故事所打动，于是大家的想法一拍即合，很快组成一个分工明确的小组，打算把这个故事以微电影的形式再现。想以此激励更多的人，让更多的人感受到其中温暖的力量。

主题提炼

家长对孩子的爱不是包办一切，而是教会孩子成长，特别是培养孩子的独立生活能力。本微电影旨在传达人类的母爱，选择在极端情形下的母爱，让观众感受母爱的伟大，同时在正能量的传递中感受人类代际传递中的真情。

演职人员独白

恬恬　朱宸妤饰

恬恬妈　苏灵（杭州天地实验小学 教师）饰

恬恬奶奶　周文慧（杭州天地实验小学 教师）饰

医生　王迎晖（杭州天地实验小学 医生）饰

导演　孙紫凝

副导演　许允（杭州天地实验小学 教师）

编剧　顾欣屏　周子琪

摄像　赵振宇　周子钜　许允(杭州天地实验小学 教师)

后期　赵振宇　许允(杭州天地实验小学 教师)

指导老师　许允　苏灵(杭州天地实验小学 教师)

d小调青春舞曲

浙江省镇海中学

影片导读

学校纪念一二·九合唱比赛前夕，林芷晴经历了一次数学考试的失利和学霸叶宏磊的无心“嘴贱”。面对文娱委员提出做班级合唱比赛伴舞的邀请，是拒绝班级活动？还是参与其中？身边老师、校长、花工等人有心的提醒是否能让这个迷茫中的孩子找寻到属于自己的位置？

剧本精要

第一场

内景：日景

地点：数学办公室

人物：数学老师，林芷晴，同学

（数学老师训话）

数学老师：这道题，这道题，还有这道题，全班就你一个人错。二三小题我且不说，第一小题，送分题，你一定要做对的，这种题目你都做不对还想拿什么分数。你这次考得太让老师失望了，你自己好好拿回去订正，不懂的问同学，老师也不想说你了，就这样吧。

（林芷晴拿起试卷。林芷晴走过走廊，较落寞的青春舞曲响起。林芷晴回教室的途中看到同学在开心地打球，而自己却很伤心）

第二场

内景：日景

地点：教室

人物：林芷晴，叶宏磊

（林芷晴坐在座位上暗自伤心，学霸叶宏磊在后面翻看试卷）

叶宏磊：96分？过程不完整扣4分，这还要扣分？要什么过程嘛……（注意到林芷晴）喂，怎么了，又没考好啊？几分啊？

林芷晴：要你管！

叶宏磊：（看林芷晴试卷）没事嘛，也就比我低个50分，都没满分，我们都一样的。

林芷晴：你可不可以闭嘴啊！

（林芷晴趴在桌上哭，学霸叶宏磊摇摇头）

第三场

内景：日景

地点：学校门口

人物：林芷晴，叶宏磊

（略紧促青春舞曲起）

（校门和教学楼场景）

（林芷晴立志好好学习，努力刷题，但总是做不出来，很烦躁）

（一旁的学霸叶宏磊刷题和娱乐两不误，生活很有规律）

第四场

内景：日景

地点：教室

人物：林芷晴，文艺委员

（一二·九合唱比赛临近了，文艺委员找林芷晴帮忙。）

文艺委员：芷晴，一二·九要到了嘛，我们想要排一个舞，听说你学过舞蹈，能不能请你来帮个忙？

林芷晴：最近作业太多了，我可能没有时间。

文艺委员：可是我真的没有人了，能不能再考虑一下？

林芷晴：（勉为其难地）那好吧。

第五场

内景：日景

地点:音乐教室

人物:林芷晴,同学

音乐教室门口,合唱版青春舞曲起。同学们在音乐教室排练合唱,跳舞的同学在排练舞蹈,而林芷晴却没有参与,只顾在一边刷题,学霸叶宏磊唱得很不好,但表现得很认真。林芷晴在一边做题目做不出,非常烦躁,作业上有很多涂画,同学们唱完解散,跳舞的同学对林芷晴感到不满。

同学:你这样子排练,还是不要来了吧。

(林芷晴看到同学们出去,感到很茫然)

第六场

场 6-1

内景:日景

地点:梓荫桥

人物:林芷晴,花工

林芷晴走出体艺馆,看见花工正推着车上桥,上去帮忙,看到车里有一盆植物病恹恹的。

林芷晴:它是病了吗?

花工:没有病,它一两年就会好起来的。

林芷晴:那为什么要用铁丝缠呢?

花工:铁丝是为了造型,慢慢它就会随着成长摆出好看的造型。

场 6-2

内景:日景

地点:校园

人物:林芷晴,吴校长

林芷晴低着头走过,迎面遇到吴校长。

吴校长:小姑娘,走路不要看地,要朝前看。

第七场

内景:日景

地点:富的廊

人物:林芷晴,陆老师

路上,林芷晴找到陆老师商量困惑。

林芷晴:陆老师,我觉得最近挺辛苦的,又看不到进步,心情也不太好,我很想参加学校的活动,但是总觉得放不下。

陆老师:当自变量趋于无穷时,指数函数便强于任何幂函数,你学习方法正确,勤奋、刻苦,时间长了自然见分晓,现在就安心参加活动去吧……(渐止,舞蹈房)

第八场

内景:日景

地点:舞蹈房

人物:林芷晴,伴舞的同学

林芷晴下决心好好排练,一个人来到舞蹈房练习舞蹈。(诙谐青春舞曲起)伴舞同学看到林芷晴努力练习,加入一起练习。楼上传来学霸叶宏磊走调但努力歌唱的声音,林芷晴和同学相视而笑。(淡出)

第九场

内景:日景

地点:教室

人物:林芷晴,叶宏磊,文艺委员

(文艺委员将一张一等奖的奖状贴在教室后面,文艺委员笑了)

(林芷晴做作业,回头看向学霸)

林芷晴:欸,教我道题呗。

叶宏磊:你有求于人,就这态度?

林芷晴:嗯,好好好,大学霸,教教我吧。

叶宏磊:这还差不多,来,给我看看。

(林芷晴递过试卷,对视而笑,进而矛盾化解)

叶宏磊:哪一题?

林芷晴:第六题。

叶宏磊:第六题你也做错啊,好吧,首先……

(渐出,片尾起,青春舞曲起)

创作手记

创作动机

故事来源于真实的校园生活，影片中的主人公林芷晴的遭遇在现实生活中多多少少都可以看到。镇海中学课外活动丰富，不仅有每年一次的高一年级的集体舞比赛和高二年级的合唱比赛，还有许许多多的社团活动。如何在学习和课外活动中找到平衡，是很多同学都会遇到的问题。因此，我们把学习和课外活动的冲突作为故事的核心内容，围绕这个冲突，我们从产生、发展、解决到收获来进行展开，尝试表现出青春特有的烦恼和喜悦，为高中校园生活打上自己的印记。

主题提炼

短片名为《d小调青春舞曲》：一是因为本片背景为纪念一二·九合唱比赛，主人公所在班级的参赛曲目为《青春舞曲》；二是因为高中生活本身就是一支绮丽的“青春舞曲”。在音乐中，d小调虽是小调，不像大调般明朗，却也是非常和谐且耐人寻味的，是一个容易触发回忆、思考的调号，如同主人公林芷晴面对问题时的情感线。

影片旨在真实展现镇中学子的“心声”：在镇海中学，除了学霸，更多的是一个个平凡而努力的我们。并不是所有人都能成为“江湖传言中的学霸”，但每一个人，都在努力成为更好的自己。

演职人员独白

林芷晴　戴芷晴饰

叶宏磊　陈鸿磊饰

陆老师　潘泽心饰

文娱委员　张洁艳饰

花工师傅　陈中有（宁波市镇海中学花工）饰

校长　吴国平（宁波市镇海中学校长）饰

导演　张晨华

副导演　胡琛浩

编剧　郁惟孜

统筹　何江珊

摄影　张晨华　胡琛浩　王超其

剪辑　张晨华

友情指导　陈叶知（宁波市镇海中学2007届校友）

指导老师　庄倩　沈晨　郑兴

我和电子游戏的故事

温州市少年艺术学校

影片导读

电子游戏被称为第九艺术，然而负面影响也不少。聪明好学的谢谦，在迷上了电子游戏之后，置学习于不顾。每天低着头，拿着手机不停点点点的谢谦，不断地惹妈妈生气，还不断地被同学们嘲笑，到底发生了什么故事呢？

剧本精要

片　头

（电子游戏画面，出片头字幕：我和电子游戏的故事）

画外音：他叫谢谦，聪明好学，但是最近迷上了电子游戏。

第一场

内景：日景

地点：教室

人物：家长，邱老师，张紫轩，陈垠垠，柯卓成，其他学生家长

邱老师：……希望能够引起各位家长重视，一起做好孩子的教育工作……那我们今天的家长会就开到这里，谢谢大家支持。

邱老师：请个别家长留下，谢谦妈，等会儿你稍微留下啊。

谢谦妈妈：好的。

第二场

内景：日景

地点:学校前面的巷子

人物:妈妈,谢谦

妈妈:你给我过来!(挥手示意)

谢谦:(打着游戏不耐烦地说)干吗哟!

妈妈:叫你过来就过来!

谢谦:你很烦啊!(慢慢走过去)

妈妈:(把孩子揪过来)你知不知道,每次开家长会,我都会被老师点名,你就不能帮我争点光吗?啊?给我上车回家,赶紧做作业!

谢谦:我偏不上车!哼!(眼睛左瞟右瞟)自己天天盯着手机不放,还说我!(双手插腰,顿了会儿突然想起来没打完的游戏立刻从口袋里抽出手机,继续玩游戏)哎,卡机了,差点就赢了!

第三场

内景:日景

地点:谢谦家里

人物:妈妈,谢谦

谢谦慢腾腾地走进家门,一直打游戏。

谢谦妈妈:把手机给我拿过来!(凶巴巴)

谢谦:就不给你!(瞟了一眼妈妈,无所谓的表情)

谢谦妈妈:你给我过来!过来!(一边说一边把谢谦扯进房间,抢了手机)

谢谦妈妈:(把作业本拍到桌上)今天必须给我写完作业!不写完就别想出来吃饭!(一把把门关上,并用钥匙锁上)

谢谦:切,不出来就不出来,有什么大不了的。(无所谓的样子)

谢谦:(翻开作业本思考了下)什么烂作业!(把作业本扔到桌上)对了!我这里还有一个手机!(打开手机搜答案抄录下来)

半个小时后……

谢谦妈妈:怎么半天没动静呢?(悄悄地打开门慢慢走进谢谦房间)你竟然在抄答案?把手机给我拿过来!

谢谦:偏不!

谢谦妈妈:(两人硬抢手机中,妈妈抢到了手机)看你怎么抄!

谢谦:没有手机我还有平板电脑!

从床里找出平板电脑继续玩,继续抄作业。

第四场

内景：日景

地点：教室

人物：邱老师，谢谦，同学

邱老师：从昨天的作业完成情况来看，老师发现，最近我们班有位同学进步特别大。他这次的作文选材独特，语言优美，值得我们大家学习，他就是我们班的谢谦同学！让我们把掌声送给他！下个月刚好是我们学校作文大赛，我想就由谢谦同学，做为我们班的代表之一，来参加这次的作文大赛，怎么样？

同学们：可以，可以！

第五场

内景：日景

地点：教室

人物：谢谦，同学甲，同学乙

作文大赛上，谢谦写不出来。

同学甲：（嘲笑）写不出来

同学乙：（嘲笑）哦？怎么写不出来？

第六场

内景：日景

地点：学校楼道

人物：陈垠垠，张紫轩，卢筝，翁罗怡，林雨西等

同学 A：嘿，你看那边那个是谁啊？怎么那么眼熟？

同学 B：他不是那个，考倒数第一的差生吗？

同学 A：对噢，还天天玩手机

同学 B：考零分，丢人，鸭蛋！

谢谦：你们说什么，想被打吗？

第七场

内景：日景

地点：教室角落

人物：邱老师，陈垠垠，张紫轩，卢筝，翁罗怡，林雨西等

邱老师:你们有没有发现,这段时间我们班谢谦同学,情绪特别低落,是不是啊?昨天他还在他的日记当中写,说自己感觉自己特别没用,什么事都做不好,同学们都嘲笑他。可能因为他前段时间参加作文比赛落选了,又被同学们嘲笑,所以才会出现这样的一种情绪反应。在这种时候,他最需要的,就是来自同学们的鼓励和帮助。所以我希望同学们,接下来能多给他一些鼓励,帮助他建立起自信,好吗?

第八场

外景/内景:日景

地点:家里和学校

人物:妈妈,谢谦,邱老师,同学们

旁白:从表面看起来,对什么都满不在乎的谢谦,内心其实很脆弱,他渴望得到别人的认可,又抵制不了游戏的诱惑。在经历了这些事后,终于让他坚定了告别游戏的决心。在老师和同学们的鼓励下,在家长的耐心帮助下,聪明好学的他,渐渐地在学习上找回了自信,几个月后,他被评为班级里的"学习之星"!

第九场

内景:日景

地点:学校绿化区

人物:谢谦

谢谦摔手机!

谢谦:我再也不玩了!

创作手记

创作动机

自从我迷上了电子游戏,坏运气似乎就缠上了我。作业本上多了许多鲜红的叉叉,学习成绩直线下滑,老师看我的眼神都像蒙上了一层冰霜。每天回到家,妈妈的嘴就像机关枪一样,扫射个没完。"你作业做了吗""怎么都没见你看书""字写得太难看了"……没完没了。我知道这都是电子游戏惹的祸,它像恶魔一样一点点吞噬我的时间,将我牢牢地缠住。在它强大的诱惑下,我和我身边不少同学都纷纷败下阵来……

后来，在老师和爸爸妈妈的引导帮助下，我重新规划自己的学习与生活，合理安排课余时间，终于慢慢地戒掉了“游戏瘾”。

我想把自己的经历告诉更多的同龄人，让他们也能学会自我管理，成为好学上进的好学生。

主题提炼

成长的过程中难免会遇到一些诱惑，出现一些偏差。很多家长看见孩子犯了错误，通常第一个反应就是大声地训斥他们，这很大程度上是因为家长在生气。有的家长认为，若在责备孩子时声音过小，就不能引起孩子的足够注意，得不到好的效果。实际上并非如此。当家长对孩子大声呵斥时，孩子在当时确实能被镇住。但其实当孩子对于家长的发怒行为感到害怕时，心里只是在念叨怎样才能快点结束，并没有仔细地去听并思考家长所责备的内容，更没有在反思自己的过错。若孩子年龄大一点，他们会对家长这种斥责方式产生反抗心理，“以牙还牙”，也跟家长大声嚷嚷，这样一来，反而会将矛盾激化。其实一味的说教、批评，甚至嘲笑都不是解决问题的良方。相反，正确的引导、适当的冷处理，反而更能够引起孩子的自我反思，从而渐渐自我改正。

演职人员独白

谢谦

邱晓君老师

徐嘉梁妈妈

张紫轩

陈垠垠

钟子修

柯卓成

斯泓博

林雨西

徐嘉梁

陈智城

（影片中所有演员均以真实姓名出演）

编剧　徐嘉梁　张紫轩　陈智成　林雨西等

导演　徐嘉梁

道具管理　陈垠垠　翁罗怡

摄影　钟子修

服装　戴若彤　卢筝

动作指导　徐嘉梁　卢筝

指导老师　邱晓君　林绮丽

追梦人

杭州市萧山中学

影片导读

高三的夏夏一直有一颗对美术热切追求的心，身处于重点中学，家长、同学还有老师，都以学业为重，觉得美术是不务正业的歪门邪道。当夏夏小心翼翼地提出自己的梦想时，遭到了大家的一致反对。高考迫在眉睫，夏夏决定勇敢的去追逐自己的梦想，不顾大家的议论和反对，离开学校到校外学习美术。夏夏可以取得大家的理解吗？会有人愿意支持她吗？

剧本精要

第一场

内景：白天

地点：校门口广场

人物：夏夏

夏夏从校外进来，满怀信心和希望地走向自己的教室。（固定机位摇镜头，从主人公正面到背面）

夏夏独白：我从来没有想过，在追梦的路上能遇到这样一个人，从来没有想到，有一天我会离梦想这么近。如果要问我，我的梦想是什么？那我一定会回答——拿起画笔，和我的画笔就这样度过简单的一生。

第二场

内景：白天

地点：教室内

人物：夏夏，楚楚，老师

夏夏在令人头疼的数学课上涂鸦，被老师叫起来回答问题，情急之下同桌楚楚递来写有答案的纸条，夏夏照着纸条上的内容复述了一遍，度过了数学课的危机。

夏夏独白：那天，面对令人头疼的数字，我于是百无聊赖地在课上涂鸦。画得正开心时，很不幸的，被老师叫起来回答问题了。一张纸条出现在我的桌上，我按照纸条上写的复述了一遍，坐下后，嘘了口气，还好有她——我亲爱的同桌。

第三场

内景：白天

地点：校园内

人物：夏夏，楚楚

夏夏于是和楚楚成为了好朋友并且把自己的梦想告诉了楚楚。（拍摄不同的体现友情的镜头：一起赶地上的鸽子，一起散步，一起看男生打球，一起跑步）

夏夏独白：从那以后，我们成了形影不离的知心朋友，一起学习，一起谈心、聊梦想。她告诉我她想成为一名桃李满天下的教师，我和她说我想成为一个画家，将我生命里所有的美好都记录下来。

第四场

内景：白天

地点：教室内

人物：夏夏

教室内的日常（延时摄影）

夏夏独白：光阴荏苒，艺考将至，我决定暂时放弃学业，离校去学习美术。

第五场

内景：白天

地点：教室

人物：夏夏，同学甲，同学乙

夏夏的决定引来了同学们的嘲讽和老师们的反对，老师在盛怒之下朝夏夏扔了她的学习资料，一时间，夏夏的周围充满了冷嘲热讽。（白底黑字，穿插剪辑同学们讽刺的话）

夏夏独白：和身边的朋友说了，却引来一片质疑……

同学甲：这样，你能考上好的大学吗？

同学乙：学画画啊，有未来吗？

第六场

内景：白天

地点：教室

人物：夏夏，楚楚

夏夏为此伤神，楚楚向她传递了一张便利贴，上面是鼓励她的话，让夏夏重拾信心。

夏夏独白：我们都知道，蜕变的过程是艰难无比的，那是一种长久的窒息，是只剩一口气的苟延残喘，我们都在迷茫地思考着梦想，可我们也只有一个未来。忽然，一张便利贴出现在我的面前，谢谢你，我亲爱的同桌。

第七场

内景：白天

地点：校园内

人物：夏夏

夏夏决定要走了，在这之前，她与楚楚好好地告了一个别。（叠化加淡入淡出的效果）

夏夏独白：一生只有三万天，我，不想让未来的自己后悔。这个夏天，我离开了，离开了这所学校，离开了默默支持我的她。那些鲜衣怒马年少轻狂的日子，那些鲜活的片段，将被岁月燃烧，埋藏在我们记忆深处。

第八场

黑底白字：

一个人至少要有一个梦想，一个理由坚强，心若没有栖息的地方，在哪儿都是流浪。

飞鸟有它的天空，游鱼有它的海洋，向日葵有它的太阳，我们也有我们的梦想，去追逐，去绽放。

鲜衣怒马的少年啊，为了梦想，去流浪，去翱翔，为她将柔软熬成坚强。

世界是精彩与无奈，人生是奔跑与迷茫，你若在追梦的路上，有所短暂的迷茫与无奈，都是奔向下一站精彩的力量。

第九场

各种同学梦想的合集。

创作手记

创作动机

在拍摄影片的时候，我们的一个好朋友因为要参加美术培训而不得不离开学校，在这之前她经历了一段艰难抉择的时间，而那段时间恰巧是我们陪她度过的。我们本是想在她离开之前做一个能够记录我们友情的视频。在创作剧本时，自己正面临着是否艺考的艰难抉择，于是想影片以“梦想”为主题岂不是更好。

这部影片，不仅仅是献给我们的这位好朋友，也是献给所有在追梦的路上努力奋斗的人。

主题提炼

面对“心中的梦想”这个可能与现实相悖的词语，我们往往会摇摆不定。在追梦这条逆流而上的道路中，迷茫和徘徊是常态，但是无论结果怎么样，我们始终都要相信，脚下的路和身边的风景是我们为梦想不顾一切付出的回报。

我们在路上，我们相信，但行好事莫问前程，念念不忘必有回响！

演职人员独白

夏夏　王夏夷饰

楚楚　孙楚悦饰

其他演员　陈哲丁　许名杰

导演　朱郭熳

编剧　朱郭熳　王夏夷

摄像　朱郭熳

剪辑　朱郭熳　张家璇

指导老师　卢解卿

后　　记

一部好的微电影作品是团队共同努力的结晶，一本好书的背后也是大家智慧的凝聚。本书的出版受到微电影作品指导教师的鼎力支持，他们分别是温州石坦巷小学鲍美丽、平阳县万全镇宋桥小学李蓉蓉、诸暨市实验小学教育集团荷花小学许慧、诸暨浣江教育集团徐剑峰、宁海县第一职业中学魏超辉、宁波市职业技术教育中心学校曾珍、浙江省江山中学姜雨潇、义乌市城镇职业技术学校楼高强、瑞安市虹桥路小学王婉周、温州市鞋都第一小学王嘉嘉、瑞安市第四中学顾寰、温州市籀园小学宁瑞会、杭州天地实验小学许允、浙江省镇海中学庄倩、温州市少年艺术学校林绮丽、杭州市萧山中学卢解卿等教师，他们在忙碌的工作之余对作品重新进行梳理和制作，让作品能更加立体地展现在读者面前。同时，浙江传媒学院出版专业的学生李纳、黎梦也参与了本书的编辑过程，对她们的辛勤付出表示感谢。